Monsieur Han

« Né en 1943 en Mandchourie, où sa famille s'était réfugiée pour fuir les Japonais, il se retrouve quelques années plus tard à Pyongyang, la cité rouge repeinte aux couleurs soviétiques, puis à Séoul, où il est surpris par la guerre de Corée. Avant de partir combattre au Vietnam, de rentrer au pays, et de se lancer dans d'autres luttes, au nom de la démocratie. De 1993 à 1998, Hwang Sok-yong est expédié en prison pour avoir osé se rendre à Pyongyang, afin de soutenir les artistes du Nord. "Lorsque j'étais en détention, raconte-t-il, on n'avait pas le droit d'avoir un stylo-bille. On m'a mis au cachot pendant deux mois pour avoir gardé secrètement un stylo. Je me suis battu énergiquement. J'ai fait dix-huit fois la grève de la faim. Certaines ont duré jusqu'à vingt jours." […] Hwang Sok-yong est un écrivain du défi. Un idéaliste dans un monde privé d'idéal. »

ANDRÉ CLAVEL, Le Temps

« Hwang Sok-yong est aujourd'hui sans conteste le meilleur ambassadeur de la littérature asiatique. »

OE KENZABURO

❧

Du même auteur chez Zulma

L'INVITÉ
LE VIEUX JARDIN
SHIM CHONG, FILLE VENDUE.

HWANG SOK-YONG

MONSIEUR HAN

*Roman traduit du coréen et présenté
par Choi Mikyung et Jean-Noël Juttet*

ZULMA
18, rue du Dragon
Paris VIᵉ

Titre original :
Hanssi Yeondæki

© Hwang Sok-yong.
© Zulma, 2010, pour la traduction française ;
2016, pour la présente édition.

Couverture : David Pearson.

Si vous désirez en savoir davantage
sur Zulma ou sur *Monsieur Han*
n'hésitez pas à nous écrire
ou à consulter notre site.
www.zulma.fr

ℨ

La vieille maison, qui avait naguère appartenu aux Japonais, était maintenant occupée par quatre ménages en copropriété. Elle était assez spacieuse, et si elle n'avait abrité qu'une seule famille, celle-ci aurait passé pour une des mieux logées de la ville. Mais comme chaque appartement avait été acquis à un moment différent, le statu quo ne pouvait que se perpétuer et, depuis une vingtaine d'années, ses occupants vivaient les uns sur les autres dans un grand inconfort, guère mieux lotis que des réfugiés.

Les Min – lui était fonctionnaire – occupaient tout le rez-de-chaussée. À l'étage, les Byon – lui était chauffeur – se serraient dans une pièce ; une veuve qui passait son temps à l'église protestante demeurait dans la deuxième ; dans la troisième, tournée au nord, vivotait depuis trois ans un vieillard solitaire. Ce dernier avait emménagé en avril 1968, alors que les autres étaient là depuis beaucoup plus longtemps. Personne n'avait oublié son allure misérable quand il s'était présenté à la porte, une méchante valise cabossée à la main. Il portait un costume usagé, qui faisait sur lui un curieux effet. Il avait la peau noire, toute couverte d'infections, les cheveux blancs, peignés en arrière, et, sur l'aile de son nez énorme et rubicond, une verrue aussi grosse qu'un haricot… Dans le seul contraste des couleurs, il y avait déjà quelque chose de grotesque. Son regard éteint, les commissures tombantes de ses lèvres, dénotaient un tempérament particulièrement sombre. Il ne s'était rien fait livrer, ni meubles ni literie. Il avait accepté une couverture proposée par Byon, qu'il ne lui avait payée que beaucoup plus tard. Pour la vaisselle, il s'était équipé petit à petit du strict nécessaire. Avec ses manières d'une totale rusticité, il n'inspirait guère confiance à ses voisins. S'ils avaient su que c'était à un individu pareil que l'occupant précédent – un employé des chemins de fer – avait accepté de céder son droit de propriété, les autres auraient tout fait pour empêcher la transaction. Depuis qu'il était là, ce vieillard solitaire, cette maison leur semblait encore moins présentable, encore plus calamiteuse. Et, ce qui n'arrangeait rien, l'homme était asocial au possible, il ne répondait même pas aux salutations. On ne le voyait jamais mettre les pieds dans les endroits où les vieux du quartier se retrouvaient, chez l'écrivain public, par exemple, ou à l'agence immobilière. D'ailleurs, à supposer qu'il y fût allé, les autres ne lui auraient pas adressé la parole. Comme il arrive souvent chez les personnes de son âge, il souffrait d'insomnie, si bien qu'il passait ses nuits blanches à errer dans les rues du quartier. Les gens se sentaient mal à l'aise quand ils le croisaient : il avait l'air chaque fois pris de court, et s'il leur arrivait de dire un mot pour essayer de faciliter un peu les choses, il leur jetait un regard farouche, soupçonneux, et poursuivait sa route en marmonnant. Tant et si bien que ceux dont il partageait le toit faisaient leur possible pour l'éviter. Il y avait bien quelques femmes du quartier pour dire qu'il était doux et gentil : ne l'avait-on pas vu, une fois ou l'autre, prendre dans ses bras des gamins qui étaient tombés et qui pleuraient, et les rendre à leur mère ?…

Avec le temps, convenant qu'il faut de tout pour faire un monde, ses voisins finirent par le prendre en pitié. Ils se disaient qu'il devait avoir un peu d'argent au moment où il avait emménagé, qu'il l'avait probablement placé chez une usurière et vivait de ses rentes. Mais il avait dû se faire plumer, car très vite il s'était mis à la recherche de petits boulots, survivant grâce aux rations de riz distribuées par la mairie. Il avait fini par dégoter une place de croque-mort. Le matin, il restait dans sa chambre et, à midi, il allait prendre son repas à l'agence des pompes funèbres qui se trouvait au carrefour, à côté de la pharmacie. On cherchait quelqu'un pour remplacer un croque-mort décédé : il s'était présenté et le patron l'avait engagé, histoire, surtout, de lui faire la charité. Le vieil homme, à vrai dire, ne rechignait pas à la tâche. Les jours où il n'y avait rien à faire, il se rendait quand même à l'agence et laissait filer les heures, portant sur les passants un regard distrait. Le soir, il rentrait complètement ivre. Comme il sautait de plus en plus souvent le déjeuner et le dîner, ses voisins se disaient qu'à ce train, il n'en aurait plus pour longtemps.

Un matin, au moment de partir pour le bureau, Min aperçut par sa fenêtre le vieil homme accroupi près du puits, en train de faire sa lessive. Les Min, du fait qu'ils possédaient tout le rez-de-chaussée ainsi qu'une partie du terrain, avaient plus de droits et donc de responsabilités que les autres : ils se considéraient un peu comme les propriétaires de fait de la maison. Si jamais des connaissances ou des gens du voisinage venaient à voir le vieil homme faire lui-même sa lessive, ils ne manqueraient pas de dire pis que pendre des Min et d'accuser Madame d'avoir un cœur de pierre. Lui n'aimait guère ce vieillard, et le simple fait de l'apercevoir, dès le petit matin, l'avait déjà mis en rogne. Accroupi, dos fléchi, souffle court, le vieux solitaire frottait son linge dans une cuvette. S'offrant une pause de temps à autre, il se redressait et tournait les yeux vers le ciel. Agacé de voir pareil spectacle sous sa fenêtre, le fonctionnaire murmura :

« C'est quand même fort, ça ! »

Sa femme, qui faisait la vaisselle à la cuisine, poussa le portillon de mauvaises planches pour jeter un coup d'œil :

« Il fait pas bon devenir vieux ! Tu vois ce qui arrive quand on est seul ? Tu devrais être content que je reste avec toi, et que je sois valide, hein ? »

Lui préféra ne rien répondre, sinon elle allait encore en remettre. Mais, au bout d'un instant, ne supportant plus le spectacle qu'il avait sous les yeux, il dit à sa femme :

« Si t'allais un peu l'aider ?… Sinon, les autres ne vont pas se gêner pour nous faire des reproches…

— On voit que tu n'es pas bien au courant de ce qui se passe ! Dans le quartier, il a une réputation détestable. Chaque fois que j'ai voulu l'aider, ça n'a pas eu l'air de lui plaire. Il ne répond même pas quand on lui parle. Une statue de Bouddha qui ne répondrait pas quand on lui fait des prières, on s'en débarrasserait… Alors lui, pourquoi lui ferait-on la charité ? »

Il haussa le ton :

« C'est pour qu'on ne nous fasse pas de reproches ! Moi, il faut bien que j'aille au bureau ! Et tu voudrais que je passe dans la cour avec ça sous les yeux ? Y a pas mieux pour me foutre en boule ! »

Elle courut au puits non sans grommeler et arracha prestement le linge des mains du bonhomme. Le vieillard se releva avec peine et, se tapotant les reins, se traîna jusqu'à l'entrée. Il se laissa glisser sur la pierre du seuil, reprenant son souffle petit à petit. La femme de Byon, qui descendait du premier, le trouva là dans ce triste état. Elle lui demanda :

« Ça ne va pas ? »

Il fit comme s'il n'avait rien entendu. Un rayon de soleil effleurait les poches sous ses yeux, faisant apparaître ses joues plus creuses, ses pommettes plus saillantes. On aurait dit une tête de mort peinturlurée en jaune. Au bout d'un moment, il se leva péniblement et, chancelant, se couvrit les yeux de la main. Puis il monta l'escalier, lentement, une marche après l'autre, en prenant appui contre le mur.

Près du puits, frottant le linge du vieillard, la Min bavardait avec la Byon venue laver ses légumes.

« Ça lui ferait mal de dire merci ? Ça lui écorcherait les lèvres ?

— Ah ! vous êtes encore en train de lui faire sa lessive ! Un vieux comme ça, ça fait vraiment pitié à voir !

— Vous avez raison. J'en ai assez de ce vieux : il a tout d'un fantôme, ces derniers temps !

— Hier, une fois de plus, il n'a pas dîné ! Il était tellement soûl qu'il racontait des âneries monstrueuses !

— C'est vrai, vous devez bien l'entendre, vous êtes juste à côté. S'il ne délirait que lorsqu'il est soûl !… Comment se tient-il ces jours-ci ?

— Oh ! que non ! Il y a un temps, il s'était calmé, mais ça lui a repris ! Si seulement il pouvait mourir tranquillement, sans trop souffrir… »

La veuve – une fidèle de l'église protestante –, qui venait de descendre pour jeter sa briquette de charbon, intervint :

« Tout de même ! On ne dit pas des choses pareilles !

— Et pourquoi pas ? Qu'est-ce que vous espérez donc de lui, hein ?

— Qu'est-ce que vous insinuez ? riposta la veuve. Vous savez parfaitement que ce n'est pas moi qui ai l'intention de la racheter, sa chambre !

— Qu'est-ce qui vous dit qu'on pourra avoir sa chambre à sa mort ? Il y a des lois, que je sache ! on ne fait pas ce qu'on veut ! » affirma, péremptoire, la femme du fonctionnaire.

Madame Byon se sentit obligée d'intervenir :

« Allez, ça suffit… Ça mène à quoi, tout ça ? Si vous vous souciez tant de cet homme, allez donc plutôt prier pour lui.

— Justement, je voulais le faire venir dans mon église.

— Un croque-mort à l'église, ça risque d'amener toutes sortes de diables avec lui, vous croyez pas ?

«—Je suis persuadée qu'il n'est pas sorti du peuple, lui!

—Moi, je pense qu'il a eu une vie pas ordinaire...

—Allons donc! c'est un veuf comme tant d'autres!»

Madame Byon secoua la tête:

«Il y a quelques jours, j'ai aperçu l'intérieur de sa chambre. Il avait laissé la porte grande ouverte, j'ai jeté un coup d'œil en passant... J'ai vu une photo dans un cadre. Sans doute sa famille. Lui, il avait belle allure: il était en costume, entouré de deux enfants, vraiment mignons, et d'une très belle femme.

—Moi aussi je l'ai vue, cette photo.

—D'après monsieur Bak, celui qui fabrique les cercueils, il n'aurait qu'une fille.

—Allez savoir! Les ivrognes sont tous pareils! S'il avait une femme et des enfants, pourquoi est-ce qu'il vivrait maintenant comme un clochard?

—Bak, justement, a déjà eu l'occasion d'entrer chez lui.

—Vrai: c'est quand le vieux a été malade quelques jours. Bak est venu avec un habit propre, de ceux qu'on passe aux morts. Ils avaient dû s'entendre entre eux, juste pour le cas où...

—Peut-être qu'ils ont déjà décidé de l'endroit où il se fera enterrer.»

À cet instant précis, alors qu'il s'apprêtait à sortir de chez lui, monsieur Min entendit un bruit sourd à l'étage. Quelque chose était tombé, non pas un petit objet, non, quelque chose de pesant qui avait heurté lourdement le plancher au-dessus de sa tête. Inquiet, Min gardait les yeux au plafond. Il était déjà en retard, mais il ne pouvait pas faire comme s'il n'avait rien entendu. Il n'avait pas le choix, il fallait vite alerter les femmes dans la cour :

« C'est sans doute le vieux qui est tombé ! »

Il s'engagea à contrecœur dans l'escalier, toussant d'une toux forcée. Derrière lui, sa femme, celle du chauffeur et la veuve partageaient le même pressentiment. Chacun retenait son souffle. Parvenus à mi-hauteur, ils aperçurent le vieillard gisant sur le pas de sa porte. S'il était tombé du côté de l'escalier, sûr qu'il se serait tué sur le coup. Il avait gravi les marches en tâtonnant dans l'obscurité et il avait dû être pris de vertige quand, ouvrant la porte de sa chambre, la lumière lui avait sauté au visage. La lessive l'avait fatigué, et, son sang circulant mal, il avait perdu connaissance. Min, le seul homme présent, le prit sous les aisselles et le traîna jusqu'au lit : le vieillard avait la tête qui pendait en arrière, les jambes secouées de spasmes. La pièce était dans un désordre indescriptible : une valise d'un côté, une casserole de l'autre, ici un bol, là du linge sale, tout gisait pêle-mêle. De la bave suintait entre les lèvres closes du moribond, sa respiration était devenue rauque. La veuve, qui lui essuyait le menton, fit soudain un bond en arrière…

« Mais c'est qu'il est froid ! constata, au bord des larmes, la femme du chauffeur. Il faut vite appeler un médecin !

— Et puis prévenir son ami le croque-mort, puisqu'ils travaillent ensemble. »

C'est madame Byon, la plus jeune des trois femmes, la plus généreuse aussi, qui fut chargée de cette mission.

Elle avait pris l'habitude de frapper, le soir, à la porte du vieillard et de lui apporter un bol de riz et une soupe, ou encore une bouillie de riz, pour lui éviter de se coucher le ventre vide. Chaque fois qu'elle voyait des trous à ses vêtements, elle lui proposait de les repriser.

Trouvant Bak couché entre des cercueils de différentes tailles – dans l'obscurité, il avait tout l'air d'un cadavre –, elle eut si peur qu'elle cria presque :

« Le grand-père qui travaille avec toi, il est en train de mourir ! »

Bak se leva lentement. Écarquillant les yeux, il avait du mal à reconnaître celle qui se tenait à contre-jour devant lui. Elle essaya de préciser :

« C'est que… il vient juste de… »

Bak n'eut pas l'air étonné. Il descendit de son banc de bois en prenant tout son temps. Il enfila calmement ses chaussures sans jeter le moindre coup d'œil à la femme qui s'impatientait. Puis il eut l'air de chercher quelque chose dans l'atelier. Il mit enfin la main sur un paquet enveloppé dans un tissu violet. Ce n'est qu'à ce moment qu'il sembla s'apercevoir de la présence de madame Byon.

« Vous dites que Han est mort ?

— Peut-être pas vraiment… il est tombé et il a perdu connaissance. Il faut appeler un médecin. Il n'est pas là, votre patron ? »

Bak la regarda un instant puis il jeta son paquet dans un coin :

« C'est pas encore le moment de lui mettre ça… Pas la peine de faire venir un médecin non plus…, dit-il en se rasseyant sur le banc. Il a pas les moyens. Et puis, de toute façon, il voudra pas.

—Vous ne connaissez pas quelqu'un de sa famille qu'on pourrait prévenir ?

—On est juste deux croque-morts qui se tiennent compagnie jusqu'à ce que l'un des deux casse sa pipe, c'est tout. À quoi bon essayer de savoir ceci ou cela ? J'irai le mettre en bière quand il sera mort. »

Des morts, il en avait côtoyé plus d'un, lui. La nouvelle ne l'avait pas ému le moins du monde. Madame Byon rentra dépitée. Les résidents de l'immeuble prirent d'un commun accord la décision de faire venir un médecin. Il s'agissait avant tout de montrer qu'ils étaient de bons voisins. Le docteur regarda le blanc de l'œil du malade, lui prit le pouls et lui fit une prise de sang. Puis, hochant la tête :

« Il est dans un état critique, c'est une embolie cérébrale. Il faut l'emmener tout de suite à l'hôpital, sinon il n'a guère de chances de s'en sortir. »

Min expliqua, comme s'il voulait se justifier :

« C'est qu'il vit tout seul. On ne lui connaît pas de parents. Vous pourriez au moins lui donner les premiers soins…

—Oh ! ça, pas la peine, c'est déjà trop tard. D'ailleurs, même si vous le mettez tout de suite à l'hôpital, il n'a qu'une chance sur deux de s'en tirer, alors vous voyez…

—Il était toujours soûl, il ne se souciait absolument pas de sa santé.

—Si en plus il est alcoolique, ça risque de lui laisser de sérieuses séquelles. Il restera paralysé, il aura des pannes de cerveau… »

Il n'était pas impossible, précisa le médecin, que deux ou trois jours plus tard, le malade reprît conscience, mais si jamais il était victime d'une deuxième attaque et s'ils ne pouvaient pas l'envoyer à l'hôpital, alors ils n'auraient qu'à prévenir la famille au plus vite… Là-dessus, il prit congé. Les voisins regardaient le vieillard en proie à son coma : chacun songeait qu'il allait devoir gâcher quelques jours de sa vie à cause de cet homme.

Le premier jour, tout semblable à un cadavre, l'agonisant sortit peu à peu de son coma. Le lendemain, il garda les yeux grands ouverts. Il ne pouvait ni bouger ni parler. La veuve fit venir ses amis chrétiens et ils prièrent tous ensemble pour lui. Quand le pasteur posa une main sur le front du moribond, des larmes suintèrent de ses yeux enfoncés dans leurs orbites creuses et glissèrent sur ses joues décharnées.

Il avait des moments de vague lucidité ponctuant de longues absences comateuses. À bout de patience, madame Min dit à son mari d'un ton comminatoire :

« Maintenant qu'il reprend à peu près ses esprits, c'est le moment de lui faire promettre… après, ce sera trop tard.

— Promettre quoi ?

— À propos de la chambre, pardi ! Si elle se libère, faut pas manquer l'occasion ! Sinon, on n'aura jamais que la moitié de cette maison !

— De toute façon, il en fera bien ce qu'il veut !

— Mais non ! justement. Il n'a pas plus de cervelle qu'un épouvantail ! Si on ne fait rien, c'est clair, c'est la femme de Byon qui en profitera, parce que, elle, elle lui rendait de petits services. Si les Byon disent qu'il leur a

cédé son droit de propriété, nous, on sera marrons. Peut-être que l'affaire est déjà conclue d'ailleurs, va savoir !…
Le vieux, lui, il n'en a plus pour longtemps ; mais la chambre, elle, on n'a pas fini de la reluquer !

— Écoute, on ne va pas lui prendre sa chambre… quand il est dans un état pareil ?

— Mais quand est-ce qu'elle sera à nous, cette maison ? Si jamais elle tombe aux mains des Byon, cette chambre, on n'est pas près de la récupérer, nous !

— C'est tout de même pas très gentil de s'occuper de ces choses-là alors que lui, il est en train de mourir…

— Gentil ou pas, c'est comme ça que va le monde. Les gens, ils ne connaissent que leur intérêt.

— Alors, si c'est comme ça… faut qu'on emprunte de l'argent au prêteur… Cent mille wons ?… Qu'est-ce que tu en penses ?

— Pas la peine d'en donner autant à un type qui a un pied dans la tombe. Cinquante mille, ça devrait faire l'affaire.

— Les Byon vont pas être contents… J'ai pourtant pas envie de me les mettre à dos en ce moment. Va falloir négocier sans les fâcher… Tout ça pour une chambre minuscule !

— Quand on aura signé et qu'on réglera, on n'aura qu'à leur proposer de gérer eux-mêmes les avoirs du vieux. Comme ça, les gens du quartier ne viendront pas nous soupçonner, qu'est-ce que t'en penses ?

— Tout ça est bien compliqué… Si seulement on avait acheté la maison tout entière dès le début…

— C'est pas qu'on ne voulait pas, c'est qu'on n'avait pas le choix. »

Madame Min emprunta cinquante mille wons qu'elle remit au vieillard en présence des Byon, en échange d'une promesse de cession de sa chambre. Madame Byon donna la moitié de cette somme à Bak pour l'achat d'une concession au cimetière et pour faire face aux frais d'enterrement. De la sorte, s'il venait à mourir tout de suite, personne n'y serait de sa poche. Pas même le vieillard, à vrai dire. Toute cette agitation, d'ailleurs, était l'affaire d'un monde qui ne le concernait plus guère.

Il eut une deuxième attaque : sa vie ne tenait plus qu'à un fil. Une atmosphère pesante envahit la maison, l'inquiétude grandissait de jour en jour.

Après avoir laissé passer encore deux jours, ils convinrent qu'ils libéreraient sa chambre juste après l'enterrement. Ils n'attendirent pas pour jeter au feu de vieilles fripes et des affaires qui traînaient un peu partout ainsi que dans la malle. La vaisselle et la malle elle-même furent données à un brocanteur qui passait par là.

Seul un vieux sac de cuir pouvait, à la rigueur, être mis de côté pour les héritiers. Neuf, ç'avait dû être un sac de bonne qualité. À l'intérieur, un carnet couvert d'une feuille de plastique noir et un stéthoscope à embout d'ivoire, fabriqué en Allemagne. Madame Min examina le carnet. Ses pages étaient couvertes d'une écriture minuscule. À la fin, une liste de noms ; sur certaines pages, des phrases, rayées au stylo-bille, illisibles ; sur un verso, trois adresses. Cette découverte les étonna, tant ils étaient tous persuadés que le vieillard n'avait aucune relation en ce monde. Pris de scrupules, ils se dirent qu'ils avaient agi à la légère et se mirent d'accord pour se soutenir les uns les autres au cas où la famille viendrait à faire des histoires. Ils envoyèrent un télégramme à chacune des trois adresses.

Deux jours plus tard, à l'approche de la nuit, arrivèrent un homme élégamment vêtu d'un complet à l'occidentale et une femme dans la cinquantaine.

Le vieillard, qui n'était plus sorti de son coma, décéda dans la nuit. Personne ne fut surpris. Toutes les dispositions furent prises pour que l'enterrement ait lieu le surlendemain. Une jeune fille de grande taille rejoignit les deux visiteurs au chevet du mort. Il ne vint personne d'autre. La veillée se passa dans la plus stricte intimité.

Les visiteurs parlèrent à voix basse – ils avaient l'accent des gens du Nord – jusqu'à une heure avancée de la nuit.

« Ça faisait bien longtemps que Han n'avait plus donné de nouvelles. Je me disais qu'il avait dû ouvrir un dispensaire dans un village ici ou là. Il était tellement simple, ingénu. C'était son défaut. On était copains comme cochons, depuis notre plus tendre enfance ; pourtant, on était tout le contraire l'un de l'autre. Je l'aimais bien, malgré tout, même si, parfois, avec son intransigeance, sa totale rectitude, il était exaspérant. Faut dire, quand même, au bout du compte, ça aussi, chez lui, c'était bien…

— Notre père, il savait bien comment il était, mon frère : il s'était dit que s'il ne lui donnait pas un métier, il était capable de se laisser mourir de froid. C'est pour cela qu'il lui a fait faire des études de médecine. Mais malgré tous ses talents, il a toujours eu du mal à joindre les deux bouts. Il lui aurait fallu pour épouse, comment dire… une femme de tête et de poigne, qui sache le mener. Ma belle-sœur qui est restée à Pyongyang n'a pas su faire, elle était trop douce, trop docile. Pour le mener, mon frère, il lui aurait fallu une femme de tempérament, et avisée…

— Vous parlez de sa femme de Pyongyang ? Elle y a pas été pour grand-chose ! C'est que lui, il est venu tout seul au Sud. Il était trop exigeant avec tout le monde, et d'abord avec lui-même. Et puis, il ne disait rien, il gardait tout pour lui, il souffrait en silence. Il était persuadé qu'il était la cause des malheurs de ceux qui l'entouraient. Moi, j'en avais assez de ses ratiocinations. Dans un monde pareil, dans toute cette horreur, il ne pouvait être que victime. Tenez, quand les forces du Sud ont repris Pyongyang, moi je me suis planqué et j'ai attendu en écoutant tranquillement la radio. Et lui, pendant ce temps, vous savez ce qui lui est arrivé ?… Il a pris le risque de se faire fusiller !…

— Ah ! vous le savez bien, docteur So, mon frère, il a toujours été comme ça. C'était pareil après, quand il est passé au Sud. Il n'a pas eu de chance dans la vie. Il était tellement innocent… Mais on espérait, malgré tout, que la vie ne serait pas si dure avec lui. »

La nuit des adieux entendit longtemps leurs confidences.

Depuis trois jours, une atmosphère fébrile régnait dans l'hôpital universitaire. Le bruit courait que l'ordre de mobilisation des médecins allait être donné. Et de fait, le professeur Chung, un chirurgien, vint bientôt annoncer la nouvelle. Mais il précisa :

« Han, vous n'êtes pas sur la liste des mobilisés. »

Au lieu du soulagement attendu, la nouvelle provoqua une sourde inquiétude chez le professeur de gynécologie Han Yongdok. Dans le contexte du moment, il valait mieux faire partie de la majorité, pensait-il, c'était ce qu'il y avait de plus sûr. Les exclus n'étaient-ils pas de vieilles choses encombrantes dont on se débarrasserait tôt ou tard ? Il demanda :

« Ceux qui restent, qu'est-ce qu'on va faire d'eux ?

— Probablement les garder ici, à Pyongyang. »

Après avoir mis un peu d'ordre dans un tiroir, le professeur Chung jeta un coup d'œil sur la cour. Une grande lassitude voilait son regard. Il vit, alignés, les camions militaires de fabrication soviétique avec leur curieux fourgon qui s'élevait beaucoup plus haut que la cabine. Il remarqua l'eau stagnant dans les trous creusés par les bombes, les mauvaises herbes qui poussaient entre les bâtiments en ruine… Il laissa échapper un profond soupir.

« J'espère seulement que, lorsque nous serons au front, ils traiteront correctement nos familles qu'on laisse ici. Les profs seront nommés d'office capitaines ou colonels, à ce qu'il paraît.

— On dit que notre armée serait descendue jusqu'au Naktong*, tout au sud… d'après vous, c'est vrai ?

— Je n'en sais pas plus que vous. J'ai entendu dire

---

*Fleuve de la province du Gyongsang, au sud de la péninsule coréenne, dont l'embouchure se trouve à proximité de Busan.

qu'elle serait en train d'avancer sur Busan. »

Han Yongdok ne s'était pas trompé : l'ordre de mobilisation attendu venait de tomber. Devant ce qui avait été le bâtiment principal – n'en tenaient plus debout que quatre piliers –, il vit ses collègues, les assistants et quelques infirmières, regroupés sur les marches, écoutant un type, vraisemblablement du parti communiste. Les raids aériens en série avaient réduit le campus de l'université en cendres. Difficile, en voyant ces ruines, d'imaginer à quoi ces lieux ressemblaient naguère. On avait créé l'université Kim Il-sung en fusionnant l'école de médecine de Pyongyang et l'université Sungsil. Une fois ce regroupement effectué, le parti communiste avait pris la direction du pôle universitaire. Depuis, ni l'université dans son ensemble, ni la faculté de médecine ne fonctionnaient plus comme avant. Les étudiants étaient envoyés dans les hôpitaux de campagne après une brève période d'instruction. N'étaient maintenus sur le campus que les professeurs les plus âgés et quelques éléments indispensables du personnel administratif. Faute d'étudiants, nul besoin désormais de professeurs. Ils n'avaient plus qu'à aller au front eux aussi. Tous les hommes de seize à quarante-cinq ans avaient été mobilisés.

Le visage de Han Yongdok reflétait l'ampleur de la détresse qu'il ressentait dans son cœur. Chung lui tendit la main :

« Professeur Han, on va se dire au revoir ici. L'essentiel pour vous comme pour moi, c'est de passer ce cap difficile.

— Soyez prudent. Et bonne chance ! »

Ils se serrèrent la main. De tout le corps enseignant qui avait célébré la Libération ici même en 1945, ne restaient plus que sept ou huit professeurs. Ils se faisaient tous confiance, sachant bien ce que chacun pensait des communistes, même s'ils n'en parlaient jamais ouvertement – il n'en allait pas de même avec les jeunes collègues arrivés plus récemment. Tous regrettaient de n'avoir pas quitté Pyongyang dès le début de la guerre, comme nombre de leurs collègues.

« Ceux qui ne figurent pas sur la liste des mobilisés doivent se rendre au bureau du doyen.

— Entendu. »

Han Yongdok sortit et se dirigea vers les baraquements de planches installés derrière le bâtiment principal, du moins ce qu'il en subsistait. En chemin, il croisa deux de ses élèves. Parvenus à sa hauteur, ils lui adressèrent un salut militaire qui laissait à désirer. L'un d'eux portait déjà l'uniforme.

« Professeur, vous n'êtes pas mobilisé ?

— Il semble que non.

— Les autres professeurs, eux, sont tous mobilisés… C'est peut-être à cause de votre spécialité… »

Han Yongdok sentait son cœur s'emballer. S'efforçant de ne rien laisser paraître, il répondit :

« En tout cas, battez-vous bien. »

Il ne savait plus trop, au juste, pour qui ni pour quoi ils devaient se battre. Ils avaient déjà le teint sombre, les joues creusées par la faim – tout le ravitaillement allait aux militaires – et par la fatigue des corvées incessantes. Chez celui qui était en uniforme, on eût dit que le sang circulait encore vigoureusement dans ses veines, et qu'il était paré pour faire face à toute éventualité. Il serait plus exact de dire que ce jeune gaillard était pris par la folie qui frappait le siècle.

Depuis le début du mois d'août, Radio Pyongyang et le *Rodong Dangbo** ne cessaient de clamer les exploits de l'armée : elle avait conquis la quasi-totalité du Sud, et Busan allait tomber d'un jour à l'autre. Malgré son épuisement physique, le pasteur Han Heung-jin, père de Han Yongdok, continuait de réunir ses fidèles à l'office du soir. Il suppliait Dieu d'arrêter cette folie guerrière qui ravageait le pays. Vers la fin août, les bombardements devinrent plus fréquents, la population était terrorisée. Manifestement, Pyongyang était sur le point de tomber. Han Yongdok installa sa famille, enfants et parents, dans un village à l'ouest de la capitale, restant seul en ville avec sa femme. Il vivait dans l'angoisse de perdre son poste et d'être remplacé par quelque jeune loup solidement endoctriné, à la tête bourrée de certitudes. En ce temps-là, les anciens, tous ceux qui avaient enseigné à la faculté depuis des lustres, bien avant la Libération, n'avaient plus leur place ici.

Les sirènes retentirent, annonçant de nouvelles attaques aériennes. Peu après, leurs ailes luisant dans le soleil, apparurent les avions. Au-dessus de la ville anéantie, en proie aux flammes, flottait un lourd nuage de fumée. Han Yongdok, pour se rendre au bureau du doyen, évita de passer à proximité de l'escalier où se tenait le groupe des jeunes internes qui, maintenant,

---

* Quotidien du Parti des travailleurs.

brandissaient le poing en cadence. Il prit par le chemin d'en haut, même si cela le contraignait à un long détour. Devant lui, il vit So Hakjun, un collègue, qui avait préféré lui aussi cet itinéraire. Ils avaient fait ensemble le lycée de Pyongyang, étaient sortis de la même promotion à l'école de médecine de Pyongyang, puis étaient allés ensemble à l'université de Kyoto au Japon. Ils pouvaient, sans nulle crainte, ouvrir l'un à l'autre leur cœur et leurs pensées. Ils avaient toujours été prêts à affronter, ensemble, tout ce que le destin mettrait en travers de leur route. So se retourna. Il attendit que Han parvienne à sa hauteur, puis lui demanda à voix basse sur un ton mi-figue, mi-raisin :

« Qu'est-ce qui se passe ? On est les seuls à s'être fait piéger, tu ne penses pas ?

— Je ne sais pas. Moi, c'est à cause de ma spécialité, probablement.

— Mais quel rapport entre la spécialité et la mobilisation ?

— On n'est plus tout jeunes… Qu'est-ce qu'ils pourraient bien faire, au front, de vieux comme nous, alors qu'il y a tant de jeunes si fringants ?

— Non, ce n'est pas ça. Tu vois Kim et Chung ? Ils ont cinq ans de plus que nous, ça ne les empêche pas de partir, eux ! »

Ils étaient aussi inquiets l'un que l'autre. Ils exerçaient à l'hôpital et enseignaient à la faculté, obtempérant très mécaniquement aux ordres du Parti. Mais ils se débrouillaient, prétextant chaque fois une chose ou une autre, pour ne pas aller aux réunions politiques, aux séances d'autocritique ou aux cours de formation idéologique. Imposées par le Parti, ces réunions proliféraient sous des appellations diverses. Comme ils avaient essuyé les reproches de collègues qui avaient constaté leur manque évident de zèle, ils s'étaient mis, de temps à autre, à assister à ces rassemblements, laissant filer les heures à écouter des discours creux, posant parfois des questions de la plus grande banalité ou fournissant des réponses minimales aux questions qu'on leur posait. Han Yongdok n'avait pas manqué de remarquer combien son défaut d'enthousiasme avait, chez les membres du Parti, suscité de haine à son égard.

De fait, seuls Bak, So et lui ne figuraient pas sur la liste des mobilisés. Le professeur Bak se trouvait dans une situation fort délicate. Quand il était encore possible de franchir le 38ᵉ parallèle, sa femme était allée, avec leur fils cadet, rendre visite à leur aîné établi à Séoul comme fonctionnaire. Mais, la guerre ayant éclaté, leur retour était devenu à peu près impossible. Son deuxième fils, en revanche, était resté avec lui au Nord, où il faisait son service militaire. Au début, quand il était élève officier en garnison à Nampo*, il donnait de temps en temps des nouvelles à son père. Mais, avec la guerre, les messages avaient cessé d'arriver. En fin de compte, Bak se retrouvait seul à Pyongyang avec une mère d'un âge fort avancé.

Quand les deux amis arrivèrent dans le bureau du doyen, Bak était déjà là. Tête baissée, celui-ci gardait un silence dont on sentait le poids énorme.

---

* Port sur l'embouchure du Dædong à une quarantaine de kilomètres de Pyongyang. Le Dædong, fleuve qui traverse Pyongyang, se jette dans le golfe de Corée (mer Jaune).

Le doyen était un ancien officier des services de santé de l'armée soviétique. Il était venu à Pyongyang dans les fourgons du contingent envoyé par Moscou et, dès son arrivée, il avait quitté l'uniforme pour adhérer au Parti. Le seul fait qu'il ait servi dans l'armée d'occupation lui avait permis de s'attribuer d'autorité un bon poste dans l'administration sans que personne vienne lui poser de questions sur son engagement politique, ses convictions idéologiques ni sa classe d'origine. Ceux qui, comme lui, avaient porté l'uniforme de l'armée Rouge s'étaient, à leur retour, emparés de postes de commandement bien qu'ils fussent ignorants des institutions de leur pays. Si bien qu'ils imposaient chez eux un mode de fonctionnement calqué sur celui de l'Union soviétique, ce qui facilitait la mainmise de cette puissance. Les gens compétents, en revanche, et les vrais – mais obscurs – patriotes qui, eux, n'avaient pas quitté le pays, se montraient trop critiques pour se voir offrir des responsabilités. Plus le temps passait et plus le pouvoir durcissait ses positions, les préparatifs de la guerre lui donnant de nouvelles raisons de se faire plus coercitif. Le doyen de la faculté ne manquait jamais une occasion de rappeler qu'il avait, lui, suivi la voie royale, c'est-à-dire l'armée Rouge, tandis que les communistes coréens qui étaient passés par la Chine n'avaient appartenu, là-bas – dans le meilleur des cas –, qu'à un corps de réservistes. Du haut de ses trente ans et de la grandeur que lui conférait sa formation moscovite, il crachait son mépris à la figure de professeurs pourtant de dix ans ses aînés. Quelle meilleure façon de signifier à ces hommes du passé qu'ils ne serviraient que jusqu'au moment où de plus jeunes, plus combatifs et idéologiquement sûrs, seraient en mesure de les remplacer à l'université ? Il ne manquait jamais l'occasion de stigmatiser leur absence de véritable engagement et les accusait constamment d'avoir des penchants bourgeois.

Faisant sonner durement sur le sol le talon de ses bottes, le doyen apparut enfin, arborant de lourdes brochettes de décorations sur sa vareuse. Aux trois professeurs qui, indécis, se levaient, il fit signe, du menton, de se rasseoir :

« Oui, asseyez-vous. Je vais devoir vous laisser ici, je viens d'être affecté à Séoul. Les médecins sont des travailleurs qui ont une mission précise : ils doivent se tenir constamment au service des combattants de la révolution et des soldats patriotes, car ce sont eux les bâtisseurs du socialisme. En ce moment, l'armée populaire se bat pour libérer notre pays ensanglanté. Nous avons besoin de médecins au front pour soigner nos frères blessés. Le pays a besoin de toutes sortes de talents, mais avant tout de médecins. Vous savez parfaitement que c'est pour cela que nous devons être des citoyens exemplaires et répondre à l'ordre de mobilisation générale. Alors pourquoi, vous, vous n'êtes pas mobilisés ? Camarade So, voulez-vous bien me donner la raison ?… Vous n'avez rien à répondre ?… Vous n'avez donc toujours pas compris ! Après une enquête sur vos origines et compte tenu des appréciations portées sur votre engagement politique, vous avez, tous les trois, été disqualifiés pour le front. Le Parti voulait vous démettre de vos fonctions de professeur et vous envoyer dans un camp de travail. Mais moi, j'ai pris en compte votre solide formation – tout impérialiste qu'elle soit d'ailleurs –, j'ai écrit une déposition en votre faveur. Votre ordre d'affectation est arrivé aujourd'hui. Vous êtes nommés à l'Hôpital du Peuple. Tâchez de vous rendre utiles au Parti, rachetez vos fautes par le travail. C'est bon pour aujourd'hui, vous pouvez disposer. Vous irez à l'hôpital demain, vous serez logés là-bas. Consacrez-vous au salut du peuple. »

« L'Hôpital du Peuple » n'était autre que, rebaptisé, l'ancien hôpital municipal de Pyongyang. Une bonne partie des bâtiments avait été détruite par les bombardements, et ceux qui étaient restés debout se trouvaient dans un tel état qu'ils menaçaient de s'effondrer d'un jour à l'autre. On accueillait les patients sous des tentes et dans des galeries souterraines. Les médecins n'avaient de formation que celle donnée à la hâte au cours de stages d'un niveau déplorable. Quant aux assistants… on ne voyait guère de jeunes parmi eux, tous ceux qui avaient un peu de muscles ayant été envoyés au front. Cela portait quand même le nom d'« hôpital ».

Han Yongdok et So Hakjun se démenaient de toute leur énergie, ne dormant que trois ou quatre heures par nuit, jusqu'à en avoir parfois des saignements de nez, tant les patients affluaient à cause des bombardements et des maladies contagieuses. Les quelques médecins qui travaillaient là devaient soigner des malades par milliers, sans médicaments, sans matériel. Ceux qui étaient gravement atteints, ils les laissaient littéralement mourir dans un coin – pas vraiment « littéralement », car ils leur apportaient des soins minimaux, mais si peu en rapport avec leurs besoins. Le Parti s'était réservé un secteur tout entier, le meilleur, le plus propre. N'y avaient accès que les adhérents et les membres de leur famille. Han Yongdok et son ami s'en étaient vu confier la responsabilité du fait qu'ils étaient professeurs. Un autre médecin, jeune, leur avait été adjoint pour les surveiller. La rumeur leur apprit que Bak avait été affecté à Uiju*.

Une vingtaine de jours après leur prise de fonction dans ce centre hospitalier, ils apprirent que l'armée populaire venait de subir une lourde défaite et que, abandonnant Séoul, elle refluait vers le nord. À compter de ce moment, la vie à Pyongyang devint encore plus difficile. Les interpellations dans la rue, les fouilles des maisons se firent plus fréquentes. La ville était bombardée jour et nuit, on ne trouvait plus rien à manger. Une épidémie de typhoïde s'était répandue à toute vitesse et faisait des ravages. Il n'était même pas question de prendre les plus élémentaires mesures de prévention tant faisaient défaut les vaccins et le personnel compétent. Quant au sérum thérapeutique, il n'y fallait pas songer. On entassait les malades sous des tentes dans la cour de l'hôpital. Tout ce que pouvaient les médecins, c'était leur fournir un peu de sérum physiologique, et prodiguer quelques mots d'encouragement à ceux qui étaient d'assez forte constitution pour se tirer d'affaire tout seuls. Les femmes et les enfants succombèrent en grande majorité après que la fièvre et les hémorragies intestinales les eurent épuisés.

* Ville septentrionale de la province du Pyongan du Nord sur la rive de l'Amnok (le Yalu en chinois), fleuve qui marque la frontière avec la Chine.

Beaucoup de ceux qui avaient été hospitalisés pour des blessures de guerre furent contaminés et moururent dès les premiers assauts de la maladie. Les malades, lèvres grises, ventre ballonné, appelaient les médecins à l'aide et s'agrippaient au bas de leur pantalon quand ils passaient à proximité, avec pour tout remède d'amères allusions au caractère tragique de la situation. Ils étaient là plusieurs centaines, gisant sur leurs excréments, les yeux dans le vide. Vision d'enfer. L'épuisement et le désespoir pesaient de tout leur poids sur la conscience des médecins et les faisaient se sentir plus proches de la mort que de la vie. Il leur arrivait de somnoler au milieu de leurs patients et de se réveiller en sursaut.

Le 7 octobre, quand il apprit que les troupes alliées venaient de reprendre Kæsong, à une centaine de kilomètres de Pyongyang, So Hakjun décida de s'évader de cet enfer. Allant d'une salle à l'autre, il affecta d'être très affairé dans le quartier réservé aux membres du Parti, et, en fin d'après-midi, il partit à la recherche de son collègue et ami. Il interrogea son assistant. Celui-ci, à moitié paniqué, répondit que Han était dans les salles des patients ordinaires. Bien que travaillant dans le même hôpital, So et Han passaient parfois plusieurs jours sans se voir tant ils étaient occupés chacun de son côté. Et lorsque par chance ils avaient quelques minutes de répit, ils en profitaient pour prendre un peu de repos : ils s'accroupissaient au pied d'un mur, à l'endroit même où ils se trouvaient, et dormaient quelques instants.

Passant outre aux ordres qu'il avait reçus, Han se débrouillait pour aller faire des visites dans le secteur des patients ordinaires. Dès que son absence du quartier réservé à la nomenklatura était constatée, le directeur de l'hôpital, fervent communiste, ordonnait, rouge de colère, qu'on le ramène immédiatement à son poste. Il n'y avait déjà pas assez de personnel pour les patriotes et les fonctionnaires… alors, pourquoi s'entêter à aller s'occuper des gens ordinaires ? En réalité, Han connaissait beaucoup de monde parmi le tout-venant des patients, car son père était un pasteur bien connu à Pyongyang. De plus, c'était là que se trouvaient en plus grand nombre les blessés graves. Les privilégiés, qui avaient accès à des abris plus sûrs, étaient moins exposés aux raids aériens. So n'appréciait guère de devoir aller chercher son ami dans ce lieu maudit. Il le découvrit au bout d'une demi-heure à l'entrée d'un abri souterrain, s'apprêtant à pratiquer une intervention chirurgicale. Une fillette de treize ou quatorze ans, touchée au ventre par un éclat d'obus, était allongée à même le sol. Le médecin était secondé par une infirmière et un assistant qui appartenaient tous deux au quartier des patients ordinaires. So attendit que ces deux personnes se soient écartées pour chuchoter discrètement à l'oreille de son ami :

« Écoute, tu ne crois pas qu'il est temps de ficher le camp ?… Y a plus une seconde à perdre. On va traverser le Dædong. Tu emmènes ta femme…

—Du calme. Y a pas le feu… »

L'infirmière et l'assistant s'approchèrent pour soulever la fillette. So se tut. Han avait les yeux rouges, la fatigue se lisait sur son visage. Pour éviter d'être surpris par les surveillants, il fallait emmener la patiente à l'intérieur. On l'installa sur trois chaises alignées en guise de lit. L'infirmière lui ôta ses vêtements. So reprit :

« Ce n'est pas que je m'affole, mais la situation s'est complètement retournée. Les troupes du Sud ont déjà franchi le 38e parallèle. Réfléchis donc une seconde ! »

Il jeta un coup d'œil autour de lui, puis, avalant sa salive, il dit :

« Moi, je file ce soir.

— Mais tu es fou ! protesta Han. N'y pense pas ! Regarde un peu là autour de toi, tu vois tous ces gens ? »

Il poursuivait son examen de la fillette. De l'aine jusqu'au nombril, la peau, luisante, était tendue sur les chairs gonflées. Au milieu de ce ventre, qui semblait devoir éclater pour peu qu'on y enfonçât une pointe acérée, une blessure en forme de fleur. Du sang et de la sanie s'en étaient échappés, dessinant sur la peau une sorte de grappe de raisin.

So insista :

« Ils vont sûrement déplacer l'hôpital. Si on est déportés plus au nord, on ne pourra jamais s'en sortir. C'est le moment de disparaître. Je vais me planquer à la campagne de l'autre côté du Dædong.

— Dans une situation pareille, tu ne trouves pas qu'il y a mieux à faire que de se soucier de son propre sort ?

— Écoute-moi : on reste cachés une semaine quelque part dans un bois ou dans les champs, et comme ça, on évite le pire. Tu t'imagines que, quand la guerre sera finie, ils vont nous laisser tranquilles ? Ils vont immédiatement s'en prendre à nous, c'est nous qu'ils tueront les premiers !

«—Moi, je reste ici. On ne tue pas les médecins quand il y a tous ces gens à soigner. Et puis, je n'ai rien fait de répréhensible. »

La fillette geignait. Son corps entier était agité de tremblements. Si on ne l'opérait pas tout de suite, elle n'en aurait plus que pour une heure ou deux. Détournant son attention de son ami, Han demanda à l'infirmière de faire chauffer de l'eau. Elle utilisa, dans ce but, une casserole posée sur un bidon percé de nombreux trous ; à l'intérieur brûlait le charbon de bois que le chirurgien était allé lui-même chercher à la cantine. So fit une dernière tentative :

« Mais pourquoi es-tu si borné ? Si moi je disparais, on va te harceler, peut-être te torturer. Allez, ça suffit : on part ensemble !

—Je te dis non ! Pourquoi donc t'obstiner comme ça ? »

Le ton était ferme, la réponse sans appel. So n'avait plus qu'à renoncer.

« Alors ça ! Mais ta femme, elle va me maudire ! En tout cas, moi je déguerpis. Je vais partir par le chemin derrière l'hôpital, je filerai jusqu'au bois de pins, et là j'attendrai la nuit. Après, je passerai rapidement chez toi. Si on te demande où je suis, dis que tu n'en sais rien.

—Entendu. Cache-toi bien. Si tu peux, emmène ma femme et dis-lui de prendre soin de mes parents. Dis-leur de ne pas s'inquiéter pour moi. Donne-leur aussi le bonjour de ma part.

—Tu le regretteras un jour ! Quel entêté tu fais ! Il faut vraiment être inconscient… et d'une naïveté !… »

So, en s'éloignant, se retourna à plusieurs reprises. L'état de la patiente ne permettait plus d'attendre. Mais les médicaments faisaient défaut, les instruments aussi. Tout ce dont disposait le docteur, c'était un flacon de teinture d'iode que l'assistant avait gardé dans sa poche, un bistouri émoussé et la paire de ciseaux qu'il prenait avec lui chaque fois qu'il venait voir les malades du quartier ordinaire. À l'infirmière, occupée à souffler sur les morceaux de charbon pour faire partir le feu, il demanda :

« On ne pourrait pas trouver quelque part une pince hémostatique et un peu d'anesthésiant ?

— Il y a longtemps qu'il n'y en a plus, docteur. C'est déjà bien de tenter de la sauver, la petite. Tant pis si elle souffre, l'essentiel c'est qu'elle s'en tire.

— On ne peut tout de même pas l'ouvrir comme ça !

— J'ai des pansements et quelques compresses de gaze, c'est tout. Pour les salles ordinaires, on ne peut rien sortir sans l'autorisation du directeur.

— Il faut aller se servir discrètement dans le quartier réservé. »

Au bord des larmes, frappant le sol du pied, l'infirmière répliqua :

« Votre assistant et moi, nous avons beaucoup de respect pour vous, nous ferons tout ce que vous demanderez, nous nous tiendrons à vos côtés, jusqu'au bout, pour n'importe quelle opération. Mais le jour où le directeur découvrira que nous faisons des choses interdites… »

Les yeux de l'infirmière se brouillèrent derrière de grosses larmes et la fin de la phrase fut engloutie dans un sanglot. Han prit conscience, à ce moment précis, qu'elle ne devait pas avoir plus de dix-huit ans.

Après quelques instants, elle reprit :

« Ma sœur et mes frères ont tous été expédiés au front. Je suis la seule à y avoir échappé. Mais les choses vont de mal en pis…

— Une petite intervention, et cette gamine est sauvée. Si on ne fait rien, elle est perdue. Bon, je vais chercher ce qu'il faut. »

Lorsque Han arriva au quartier réservé, son jeune collègue était occupé à soigner ses patients, sept ou huit pompiers atteints par les éclats d'un obus tombé près d'eux. Leurs blessures ne devaient pas être trop graves, vu qu'ils bavardaient. D'un geste preste, Han réussit à subtiliser une pince simple et une pince hémostatique qu'il fit glisser discrètement dans sa poche. Dans la réserve de médicaments, il n'y avait plus d'anesthésiant, il ne restait qu'un peu de morphine. Han venait de mettre la main sur le flacon quand le jeune médecin l'interpella :

« Camarade Han, qu'est-ce que vous faites ? »

Han regretta d'être venu lui-même au service des urgences. Il aurait dû, songea-t-il, envoyer son assistant.

« J'ai une opération en cours là-bas. Je suis venu chercher quelques instruments, c'est urgent… »

Le jeune médecin, tout en dévisageant Han, esquissa un sourire :

« Il fallait l'amener ici.

— La patiente se trouve dans un état critique…

— Vous me racontez des sornettes… C'est encore de

ces gens du quartier ordinaire. Si vous voulez sortir des instruments pour les emporter là-bas, vous savez parfaitement qu'il faut remplir une fiche d'emprunt. Le directeur a donné ordre de n'utiliser ces instruments que pour les membres du Parti ou leur famille, et seulement dans les cas d'urgence. Je vous rappelle que vous risquez fort d'avoir des ennuis. »

Faisant comme s'il n'avait rien entendu, Han quitta d'un pas rapide le service des urgences. La blessure de la fillette, qui avait dégénéré en péritonite aiguë, dégageait une odeur nauséabonde. Elle était plus près de la mort que de la vie. L'assistant, qui avait trouvé du coton et du crésol, revint tout essoufflé. D'une nature inquiète, cet homme d'âge moyen roulait des yeux tout ronds derrière les gros verres de ses lunettes. Il étala son butin :

« On peut commencer, docteur. »

L'infirmière plongea ses compresses ainsi que le bandage dans l'eau bouillante. Ils n'en étaient plus à leur première opération de ce genre : ils en effectuaient, en catimini, une ou deux par semaine, si bien que chacun savait parfaitement tenir son rôle. Han demanda à l'infirmière :

« Désinfectez aussi un morceau d'élastique et des aiguilles.

— De l'élastique ?

— Eh bien ! si vous êtes une femme, vous devez en avoir, non[*] ? Passez-le dans le crésol. »

---

[*] Les élastiques qui servaient à tenir les bas étaient tubulaires. Le chirurgien en fera un drain.

Elle devint écarlate.

Pour que la fillette souffre moins, le chirurgien lui fit une injection de morphine à proximité de la blessure. Il nettoya la plaie avec de la teinture d'iode puis fit une incision d'une bonne quinzaine de centimètres. La patiente s'agita faiblement un instant, mais ne fit bientôt plus aucun mouvement. L'entaille s'ouvrit toute grande comme un sac qui s'évente. L'infirmière et l'assistant ligaturèrent les vaisseaux coupés et épongèrent la coulée de sang. À l'aide du tube élastique, le chirurgien évacua la sanie qui s'était accumulée autour des viscères. Un segment de l'intestin était devenu presque noir. Au milieu, un trou de la grosseur du pouce. Le chirurgien localisa l'éclat d'obus et l'extirpa à l'aide de sa pince : un morceau de métal, tranchant sur un côté. Des pas résonnèrent derrière le groupe. Contraint de fléchir le corps pour passer sous la voûte du souterrain, l'assistant du quartier réservé cria :

« On vous cherche là-bas, il y a une urgence. Le camarade directeur est venu en personne.

— J'ai quelque chose de plus urgent ici. Je ne peux pas y aller tout de suite. »

Penché sur le corps de la fillette, Han Yongdok ne s'était même pas donné la peine de se retourner.

« Le camarade So n'est pas là-bas non plus. Personne ne sait où il se trouve. On le cherche partout.

— Dites que j'arrive dès que j'aurai terminé ici.

— J'espère que vous savez parfaitement ce que vous faites… En tout cas, moi je ferai un rapport. »

Entendant du tumulte dehors, Han, discrètement, dit à l'infirmière et à l'assistant :

« Fichez le camp d'ici en vitesse. »

L'infirmière répliqua :

« Nous, on pourra se débrouiller. Mais vous, allez-y vite. »

Han dut les pousser dans le dos pour les faire partir. Puis il se prépara à faire la suture avec du fil ordinaire qu'il passa dans une aiguille à coudre. Il n'était nullement gêné par l'incongruité du matériel. Après avoir passé l'aiguille dans les chairs, il tira doucement sur le fil pour le tendre. C'est alors que retentit la voix puissante du directeur :

« Qu'est-ce que vous foutez ici ? »

De ses larges épaules, il obstruait complètement l'entrée du couloir.

Han s'agenouilla devant sa patiente pour voir de plus près son travail de suture. Le directeur, dont la vue s'était accommodée à la pénombre qui régnait à l'intérieur de l'abri, découvrit le tableau. Estomaqué, il cria :

« Les mômes, ça peut attendre ! Comment est-ce qu'on peut perdre son temps à ça, quand là-bas, il y a un policier qui est en train de perdre son sang ? Il a reçu une balle ! »

D'une main sûre qui révélait le praticien chevronné, Han Yongdok poursuivait son travail de suture.

« Quand on a reçu une balle, on peut tenir des heures avec une compresse – faut l'appliquer fermement. »

Lorsqu'il enleva la pince à ligaturer, du sang jaillit sur ses mains et tacha le sol de l'abri. Furieux, le directeur scanda :

« Vous serez puni !

— Poussez-vous un peu, je n'y vois pas bien. »

La sueur perlait sur le front du chirurgien, glissait sur ses joues. Il ne releva la tête qu'après avoir fini de refermer l'incision. Une faible clarté s'avançait dans le couloir. Le soleil du soir caressait de ses rayons les feuilles des arbres et les corps qui gisaient çà et là. Han se couvrit les yeux de ses mains ouvertes. Mais la lumière du soleil traversait ses doigts et ses ongles couverts de taches noires de sang séché.

Vinrent les interrogatoires. Han dut répondre à des questions sur la disparition de So. Enfermé depuis une semaine dans un sous-sol, il gardait un silence total sur son ami. Une fois par jour, on l'amenait dans un bureau clair et propre dont les murs avaient été repeints en blanc. Ceux qui l'interrogeaient étaient chaque fois des personnes différentes.

Le matin, quand on l'emmenait subir son interrogatoire quotidien, il s'étonnait d'être capable de garder son sang froid, malgré les nuits qu'il avait passées dans sa cellule humide et sinistre.

Sur le fond rouge du mur du palier, en haut de l'escalier qui menait à la salle d'interrogatoire, étaient accrochés deux immenses portraits de Staline et de Kim Il-sung, au moins cinq fois grandeur nature. Il trouvait un vague air de ressemblance dans le sourire sardonique, glacial, des deux grands hommes. Au début, la pensée lui venait souvent qu'il allait devoir passer le reste de sa vie dans cette pièce ; alors, tout son être lui disait qu'il valait mieux mourir, car la mort mettrait un terme à ses souffrances. Mais avec le temps, il se persuada qu'il était capable de tenir bon. Ceux qui étaient chargés de l'interroger posaient les mêmes questions chaque jour, et chaque jour ils recevaient les mêmes réponses. Ce sont ces longs interrogatoires qui tenaient lieu de tribunal, à ceci près qu'il n'y avait pas de juge pour prononcer de verdict. Il en résulta de gros dossiers et Han Yongdok fut transféré à la prison centrale de Pyongyang. L'armée du peuple avait reculé sur tous les fronts, elle avait perdu toutes ses capacités. Il n'y avait plus, de fait, de véritables combats.

Le 14 octobre, la garde prétorienne fut reconstituée et organisée en police militaire. Elle se déploya sur plusieurs lignes où elle avait pour mission d'attraper les fuyards pour les renvoyer au front. Le soir du 16, une compagnie de cette police vint reprendre en main la prison. Les exécutions commencèrent le lendemain, dès avant l'aube. Les soldats emprisonnés furent les premiers à être passés par les armes, puis, vers cinq heures, vint le tour des civils. Ils furent arrachés à leur sommeil alors que le jour venait juste de poindre. Au grondement du canon, on comprenait que le front était proche. Parfois, on entendait même les coups de fusil.

Han faisait partie de la dernière fournée : une trentaine d'hommes, attachés les uns aux autres avec du fil électrique arraché aux lignes téléphoniques. Les camions qui les emportaient prirent la direction des collines derrière la prison. Au bout d'un moment, les condamnés durent continuer à pied. La rosée du matin leur glaçait les mollets. Ils atteignirent une clairière assez large, ceinte de fourrés, entre deux buttes. Sur un côté, des rocailles faisaient saillie. Le jour commençait à lancer des traînées de clarté dans le ciel au-dessus des champs. Une brume épaisse rampait, dérobant à la vue les jambes des hommes en marche, qui semblaient flotter comme des fantômes. Les gardes les remirent entre les mains du peloton d'exécution qui les attendait là. Le commandant du détachement – un lieutenant de l'armée du peuple –, torse nu malgré la fraîcheur du petit matin, suait à grosses gouttes. Pressé de lever le camp, il s'impatientait, injuriant les condamnés. Il leur donna l'ordre d'aller à l'autre extrémité de la clairière, devant le monticule rocailleux, et de s'aligner sur trois rangs. Jusque-là, les prisonniers se demandaient, en leur for intérieur, s'ils allaient vraiment être passés par les armes. Mais quand ils virent la fosse fraîchement ouverte derrière eux, la terre rouge et humide qu'on venait de retourner, ils n'eurent plus aucun doute. Le chant strident des insectes déchirait l'air sur la basse continue de la canonnade. Les condamnés ne pouvaient voir le fond de la fosse, mais ils apercevaient des jambes, des mains qui sortaient de terre comme des pousses nouvelles. On les fit s'aligner sur trois rangs devant le trou béant, mains attachées dans le dos avec du fil électrique. C'était comme si on les mettait en place pour une photo de groupe : la première rangée assise à même le sol, la deuxième à genoux, la dernière debout derrière. Le commandant arma son revolver, puis donna l'ordre de charger les fusils. Les culasses claquèrent en désordre les unes après les autres. Han était à genoux dans la rangée du milieu. Tout près, dans son dos, le vide. Plus rien à quoi s'agripper. Ces quelques secondes lui paraissaient interminables.

« En joue ! »

Douze gueules de fusils se levèrent face aux condamnés. Les reflets glacés et tranchants du métal, dans la pâle clarté du petit matin, leur blessaient les yeux. Les insectes, aurait-on dit, s'étaient mis à crier de plus belle.

« Feu ! »

Les coups retentirent à l'unisson.

So Hakjun avait réussi à passer le Dædong. Il s'était dissimulé dans une grange qui avait servi de poulailler, dans un village à l'ouest du fleuve. Il avait regroupé des gerbes de paille de riz pour se faire un nid au milieu. Dans sa planque, grâce à un vieux poste de radio américain qui marchait encore bien, il suivait les communiqués diffusés depuis le quartier général des forces alliées. À partir du matin du 18, les combats semblèrent s'intensifier autour de Pyongyang. Il entendait les bombardements en continu, même les échanges d'armes légères lui parvenaient aux oreilles. Dans la nuit eut lieu une rafle massive : la milice fouilla toutes les maisons et exécuta sur place tous ceux qui paraissaient suspects. Deux policiers firent irruption dans la grange où So s'était caché. Ils plantèrent leur baïonnette dans les gerbes en plusieurs endroits. Le fugitif mordait une poignée de paille à pleine bouche pour retenir son souffle. Enfin, n'ayant rien trouvé, les miliciens s'éloignèrent. So l'avait échappé belle. Le lendemain, il entendit que Pyongyang était tombé aux mains de l'armée du Sud. Mais, prudent, il ne quitta pas sa cachette tout de suite.

Ce n'est que lorsqu'il sut avec certitude que l'armée du Sud contrôlait effectivement la totalité de la zone à l'ouest du Dædong qu'il se rendit au village où sa famille était cachée. Il retrouva les siens, mais apprit que le pasteur Han, le père de son collègue et ami, avait été tué par la milice dans la cour derrière la préfecture. Le puits, profond d'une bonne dizaine de mètres, à force d'avaler des corps, s'était trouvé empli jusqu'à la gueule. On en avait retiré celui du pasteur, nu, taillladé de coups de faucille.

Touchée par les bombes, la maison de So Hakjun avait brûlé. Il n'en restait que les pierres du socle et quelques montants de bois calcinés. Le village était en ruine. Les nouveaux quartiers aux abords de la gare de Pyongyang étaient pratiquement anéantis, la ville tout entière, dévastée. On avait le sentiment de se trouver sur un immense chantier où l'on aurait tout rasé avant de commencer des travaux de construction. Des femmes accroupies fouillaient les gravats dans l'espoir de récupérer quelques ustensiles de cuisine. Les hommes se rendaient dans les faubourgs pour échanger contre des vivres les quelques objets précieux qu'ils avaient pu sauver. Désormais sans toit, So se rendit chez Han Yongdok, dans un quartier excentré relativement épargné. Il y trouva la femme de son ami en pleurs, ensevelie sous sa couette : elle venait d'apprendre que son mari avait été exécuté en prison. Il se rendit à l'hôpital pour tenter d'en savoir davantage. Les quelques infirmières et assistants qui étaient restés hochèrent la tête : ils ne savaient rien. Voyant que l'hôpital, désormais géré par l'armée du Sud, fonctionnait infiniment mieux, il décida sur-le-champ de se faire engager en qualité de médecin militaire. Il pourrait se rendre utile, dans de bonnes conditions cette fois.

Et surtout, sa famille désormais ne risquerait plus d'être inquiétée. Après être allé s'enquérir des conditions de recrutement, il retourna chez Han Yongdok. Il eut la surprise de sa vie en trouvant son ami chez lui, alité. C'est un de ses anciens camarades de l'école de médecine, plus jeune que lui, qui l'avait porté jusque-là. Il n'avait qu'une blessure superficielle près de l'oreille gauche.

Il avait repris conscience dans le courant de l'après-midi. Il avait du mal à respirer. Levant la tête, il avait aperçu un bout de ciel. Une odeur de pourriture l'assaillait, des mouches s'agglutinaient obstinément sur son visage. Le soleil était haut dans le ciel, il régnait un silence absolu. Il s'était extirpé de la fosse en rampant, heureux de vivre. Il avait aperçu deux ou trois silhouettes qui se dirigeaient vers la forêt en rampant. Il fit de même, passa la nuit dans les bois, puis se souvint que dans les parages se trouvait la maison d'un de ses amis, son cadet de quelques années. Le lendemain, il attendit le crépuscule pour sauter par-dessus le mur et s'introduire dans la maison.

Tout le monde convint qu'il était un vrai miraculé. Rares, en effet, furent ceux qui s'en tirèrent. So Hakjun lui suggéra de s'engager, lui aussi, dans l'armée du Sud, mais – le fait d'avoir frôlé la mort n'avait en rien entamé son entêtement – Han le coupa net :

« J'ai toujours refusé de m'engager dans l'armée ! Il est absolument hors de question que je fasse la guerre dans le but de sauver ma peau. »

So, dont le calcul n'était certes pas mauvais, renonça comme toutes les autres fois à tenter de convaincre son ami. Il respectait cette obstination dont Han faisait preuve – vertu si rare à cette époque – et qui ne lui rendait pas la vie facile.

L'hiver approchait et les combats se prolongeaient. Plus on avançait dans la saison, plus les nouvelles devenaient sinistres. À bout de forces, la population était au désespoir. Le pays était ravagé. Le front avançait, puis reculait, puis avançait de nouveau : cette guerre n'aurait-elle jamais de fin ? Les gens abandonnaient leur maison pour une retraite qu'ils croyaient plus sûre. L'instinct de survie les ramenait en des endroits qu'ils avaient pourtant précédemment fuis. Ils auraient tout abandonné, leur quartier, leur maison, leurs biens, leur terre et jusqu'à leur âme pour un lieu en paix. Lorsqu'ils se mettaient en route, c'était toujours avec l'espoir, blotti au fond du cœur, qu'ils seraient de retour avant un mois.

Décembre. Un vent violent soufflait. Le Dædong s'était couvert d'une fine couche de glace. Depuis l'aube, une procession de réfugiés se pressait sur le pont métallique dont le tablier avait sauté. Ceux qui tentaient d'escalader les arches glissaient et tombaient à l'eau. Sur la rive, Han Yongdok et les siens regardaient les pitoyables fugitifs. Lui ne se sentait pas de taille à tenter l'aventure sur le pont en s'agrippant, comme ces gens, aux poutrelles métalliques. Accroupie, tremblotant de froid sous une couverture, sa vieille mère lui dit en hochant la tête :

« Écoute, moi je ne peux pas. Partez vite sans moi. »

Elle savait bien qu'elle serait un fardeau trop lourd pour ses enfants si elle restait avec eux.

« Mais non, mère. Attendons un peu, il y a déjà moins de monde.

— Non, je vais rentrer. Et je ne peux pas abandonner ton père dans sa tombe. Vouloir vivre à tout prix à mon âge, ce n'est pas bien.

— Ne dites pas de pareilles bêtises.

— Jusqu'où faudrait-il marcher ? Nul n'en a la moindre idée. Et qui sait combien de temps je vivrais encore, loin de Pyongyang ? »

Les larmes aux yeux, Han Yongdok fixait l'autre rive où s'écoulait lentement la procession humaine. Changbin, son fils aîné, qui avait entendu leur échange, proposa à voix basse :

« Père, vous vous occuperez de grand-mère ; moi, j'aiderai notre mère. Hyunja prendra petit frère sur son dos : ainsi, toute la famille pourra passer le pont. »

Han gardait les yeux fixés sur la rive, les mains enfoncées dans les poches de son manteau. Faire le choix de partir, c'était se condamner à marcher peut-être des centaines de kilomètres. Pour sa femme et les enfants, il n'y aurait pas trop de problèmes, mais pour sa mère déjà très affaiblie, c'était bien au-delà de ses forces. Elle mourrait en route. Il valait mieux la laisser à la maison… L'intervention de l'armée chinoise aurait bien une fin, et les alliés finiraient par remonter. La coupure idéologique qui partageait le peuple avait beau être profonde, une guerre civile ne pouvait pas durer beaucoup plus d'un an… Il fit signe à sa femme d'approcher et, prenant soin de n'être pas entendu des enfants, chuchota à son oreille :

« La grand-mère veut rester ici, c'est sans doute mieux ainsi… Sur les routes, avec ce froid… Il vaut mieux que tu restes avec elle. Dans quelques jours, je devrais pouvoir revenir. Pas la peine de faire souffrir tout le monde. »

Les yeux de sa femme s'étaient soudain emplis de larmes. Elle restait muette, se mordant les lèvres tout en continuant de bercer le petit de deux ans qu'elle portait dans son dos. Hyunja vint lui demander ce que lui avait dit le père. Comprenant ce qui se tramait, elle dit quelque chose à son frère aîné sur un ton déterminé. Changbin protesta :

« Mais moi, je suis incorporable ! Quand ils reviendront, je n'y échapperai pas ! Je n'ai pas le choix, il faut que je passe au Sud ! Vous ne m'empêcherez pas… S'il faut, je pars seul !

— Et ta mère, tu vas la laisser toute seule ? repartit Han. À ce qu'on dit, la guerre sera bientôt finie.

— S'il faut mourir, je préfère mourir avec vous. Pas question qu'on se sépare. Je suis adulte, maintenant, et je suis capable de faire ma part, moi aussi ! »

Ralliée à l'avis de son frère, Hyunja, en sanglots, implora son père. Celui-ci gronda :

« Non et non ! Je pars seul ! Il faut de l'argent quand on veut aller se réfugier ailleurs. Nous, qu'est-ce qu'on a ? Quelques couvertures, c'est tout. On crèverait tous de faim. Quand on part, c'est pour vivre ensemble, pas pour mourir ensemble ! »

Sa femme risqua :

« Mais on ne peut tout de même pas se quitter ainsi ! Explique la situation à ta mère et emmenons-la.

— Je te le dis, je disparais juste trois ou quatre jours et je reviens. »

Il prit sa sacoche, celle qu'il emportait pour les consultations à domicile, et s'engagea sur la berge. Le ciel était gris, les premiers flocons de neige commençaient à tomber sur la montagne nue, les champs voisins, la surface gelée du Dædong. La grand-mère ajusta sa couverture et, avec un signe de la main :

« Allez, partez vite, n'attendez pas, partez.

— Je serai bientôt de retour », dit Han.

Changbin et Hyunja lui emboîtèrent le pas, sa femme suivit à distance, regardant tantôt sa belle-mère restée derrière, tantôt son mari devant. D'autres cherchaient comme eux un passage en remontant vers l'amont. De temps à autre, Han faisait une courte pause et, tournant le dos au vent qui le fouettait violemment, portait son regard sur ceux qui lui étaient chers. Plus loin, il s'arrêta pour de bon :

« Tu n'as pas entendu ? Je t'ai dit de rentrer à la maison avec les enfants !

— On ne sait jamais ce qui peut arriver. On va partir avec toi.

— Dans ce cas, je ne pars plus. Allez, on rentre tous à Pyongyang !

— Ils ne vont pas te laisser la vie sauve, ici !

— Eh bien, on me tuera, voilà, c'est tout !… Je te dis que je pars juste pour quelques jours.

— Fais comme tu veux… seulement, on t'accompagne un bout de chemin avant que tu traverses. »

Han Yongdok se retournait de temps en temps. Sa femme qui le suivait à pas menus ressemblait à une frêle figure dans une peinture pointilliste : des flocons s'étaient posés sur ses cheveux ; son visage, toute sa silhouette s'estompaient au fur et à mesure que la couche de neige s'épaississait sur le sol. Lorsqu'il vit cette vaste étendue blanche qui le séparait d'elle, une angoisse soudaine s'empara de lui et son cœur se serra. Le spectacle de sa femme le suivant avec ses enfants qui marchaient tantôt devant elle, tantôt derrière, ne lui semblait ni actuel ni réel, c'était comme une photo ancienne aux teintes déjà fanées.

Ils parvinrent à un endroit où le passage du fleuve pouvait se faire à gué. Le courant charriait des plaques de glace brisées par les remous. Les gens traversaient, nus, tenant leurs vêtements pliés au-dessus de leur tête. L'eau, par endroits, leur arrivait jusqu'au cou. Les pères de famille étaient obligés de faire plusieurs navettes pour passer leurs baluchons. Quand ils touchaient la rive d'en face, les enfants tombaient littéralement d'épuisement. Les adultes massaient leurs membres engourdis par le froid. S'inclinant devant la détermination de son mari, la femme de Han avait maintenant renoncé à l'accompagner au Sud. Elle lui tendit des sous-vêtements neufs qu'elle avait gardés contre sa poitrine :

« Fais attention au froid. Ça, c'est pour te changer, tu en auras besoin plus tard. Je reste avec ta mère, nous t'attendrons. Emmène les enfants si tu veux.

— Je serai de retour avant d'avoir été obligé de me changer. Soyez sages, les enfants, et prenez bien soin de votre mère et de votre petit frère. »

Se plaçant à côté de sa mère, Hyunja répondit :

« Moi aussi, je reste ici. »

Mais Changbin déjà se déshabillait. Il entra, nu, dans le courant. Han Yongdok fit de même. Il tenait ses vêtements le plus haut possible au-dessus de sa tête. L'eau glacée l'assaillait, c'était comme si elle lui arrachait la peau. Parvenu au milieu du fleuve, entendant les pleurs de son dernier-né, il fit un faux pas et faillit tomber dans le courant. Lorsqu'il atteignit l'autre rive, tout son corps vibrait de douleur sous les flocons de neige. Changbin se rhabilla en vitesse, sans se retourner vers son père. Han enfila à son tour ses vêtements et se mit à sauter sur place pour se réchauffer. Sur la rive opposée, figées au même endroit dans les tourbillons de neige, la mère et la fille les regardaient. Les mains en porte-voix, Han cria :

« Rentrez vite, le petit va attraper froid ! »

— Bonne route, père ! Revenez vite ! Toi aussi, mon frère ! »

Han se mit en marche avec les autres. La voix de sa femme lui parvint, atténuée :

« Changbin, ne quitte pas ton père ! »

Changbin murmura quelque chose d'inaudible, puis se prostra, accroupi :

« Non… je ne peux pas… Allez-y tout seul, je reste avec ma mère. Prenez bien soin de vous, père ! »

Han ne répondit pas, ne se retourna pas. Un vent glacial chargé de sable et de neige lui fouettait le visage. Derrière lui, il entendait le bruit des plaques de glace qui s'entrechoquaient et se brisaient.

Le froid abominable du Dædong, jamais il ne l'oublierait.

Origine : Service des renseignements.
Deuxième détachement américain en Corée.
Objet : Homme soupçonné d'appartenir à l'armée ennemie.

1. *Heure et lieu de l'interpellation :* Vers 15 h 20, le 23 novembre 1951. À proximité du camp des prisonniers de guerre.
2. *État civil :* Nom : Han Yongdok (Sexe : masc.).
   Date de naissance : 18 mai 1911.
   Profession : médccin.
   Adresse permanente : Pyongyang, Pyongan du Sud.
   Domicile actuel : Duksan-dong, Dægu*, Gyongsang du Nord.

3. *Motif de l'interpellation :* Le susmentionné s'est approché du camp des prisonniers de guerre et a pénétré dans la zone interdite le 20 novembre 1951. Obtempérant aux avertissements des gardes, il s'est éloigné. Le 21 vers 16 heures, il a de nouveau été aperçu par un officier de garde. Le 23 à l'heure indiquée ci-dessus, il s'est de nouveau approché de la clôture de barbelés. Lors de son interpellation par le sous-officier Kim Chang-su et le première classe Thomas, tous deux de garde, il portait un uniforme d'officier

---

* Ville au sud de l'actuelle Corée du Sud.

de l'armée ennemie. Il a fourni des explications incohérentes et sujettes à caution. La base du deuxième détachement américain en Corée a procédé à l'arrestation du suspect en se fondant sur un rapport signalant les agissements d'un espion : celui-ci ferait passer à l'ennemi des informations sur les bases de commandement secrètes ; il effectuerait des navettes entre les camps de prisonniers de Busan et de Kojé.

4. *Suite à donner :* Soumettre le suspect à un interrogatoire approfondi, assuré par un officier de votre garnison, un agent du contre-espionnage américain et un agent des renseignements coréen.

N.B. : Ci-joint les minutes de notre interrogatoire. Prière d'insérer le compte rendu de votre interrogatoire dans ce même dossier.

Rédacteur : Sergent White. Traduction : capitaine Li Kyung-ho, interprète.

Rapport d'interrogatoire

Ce 25 novembre 1951, le suspect a été interrogé, de 13 heures à 17 heures, dans la salle d'instruction de la base du deuxième détachement américain en Corée. On trouvera ci-dessous les minutes de l'interrogatoire assuré par le capitaine Krapensky, le lieutenant Robert et le capitaine Bak Yungu. Pour la commodité de la lecture,

A désigne ceux qui interrogent, B le suspect.

A — Vous êtes bien Han Yongdok, né en 1911 à Pyong-
   yang ?
B — Oui.
A — Est-ce que vous avez rôdé à proximité du camp de
   prisonniers entre les 20 et 23 novembre 1951 ?
B — Oui.
A — Vous souvenez-vous précisément de l'heure et du
   nombre de vos passages ?
B — Trois fois, mais je ne sais plus vers quelle heure.
A — Dans quelle intention vous êtes-vous approché de
   la base ?
B — C'était pour retrouver mon fils.
A — Votre fils se trouve-t-il parmi les prisonniers ?
   Donnez-nous son nom et son grade.
B — En réalité, je ne suis pas certain qu'il ait été enrôlé,
   ni qu'il soit prisonnier. Son nom est Han Changbin.
   Il est né à Pyongyang, il a 18 ans.
A — Il n'y a personne de ce nom sur la liste des prison-
   niers. Qui vous a dit qu'il se trouvait ici ?
B — Un compatriote m'a dit qu'il avait cru reconnaî-
   tre mon fils, de loin, dans le train qui transportait
   des prisonniers à Busan. Mais peut-être qu'il s'est
   trompé.
A — Parmi les prisonniers, y a-t-il des gens que vous
   connaissez ?
B — Dans cette foule, il y en a sûrement quelques-uns.
   Je pensais pouvoir peut-être apercevoir mon fils ici.
A — Est-ce que des prisonniers vous ont adressé la
   parole ?

B — Non.

A — Votre fils est-il soldat ?

B — Je ne sais pas.

A — Savez-vous qu'il est interdit aux civils de s'approcher du camp ?

B — Oui, mais j'ai vu des marchands ambulants et des
enfants s'approcher et parler aux prisonniers. J'en ai
conclu que ce n'était pas une infraction bien grave.

A — Dans quel secteur cela s'est-il produit ?

B — À l'est de la porte 3.

*(Voir en annexe les déclarations du garde de la porte
concernée.)*

A — Pourquoi vous êtes-vous enfui sans répondre aux
sommations du garde ?

B — J'ai vu les marchands courir, j'ai fait comme eux.

A — Quand êtes-vous passé au Sud ?

B — En décembre 1950.

A — Si vous n'êtes pas un agent secret, pourquoi n'avez-
vous pas votre famille avec vous ?

B — Là-bas, j'ai été condamné à mort, j'en ai réchappé
de justesse, je ne pouvais pas rester. Je suis parti en
pensant que l'armée du Sud ne tarderait pas à reprendre le contrôle de la situation.

A — Vous mentez : si vous êtes passé en décembre 1950,
comment expliquez-vous que vous portiez toujours
l'uniforme du Nord ?

B — J'ai eu du mal à trouver du boulot ici. Maintenant
je travaille à temps partiel dans une clinique tenue
par un ami. Il faut que je fasse des économies. J'ai
pas grand-chose à me mettre. Cette veste, d'ailleurs,
c'est la plus chaude que j'aie, elle ferme bien au

niveau du col, et puis c'est bien suffisant pour travailler. Pendant l'occupation japonaise, je mettais aussi des vêtements de ce genre sans y accorder la moindre signification. Ce serait dommage de la jeter.

A — Est-ce que vous avez des parents au Sud ?

B — Sans doute. J'imagine que ma famille est, elle aussi, passée au Sud. Seulement, je ne les ai pas encore retrouvés. En tout cas, j'ai une sœur qui est passée bien avant la guerre, elle habiterait à Busan.

A — Est-ce que vous avez adhéré à un parti, à une association ?

B — Oui. Au Nord, tout le monde devait adhérer au moins à une association. J'étais membre de l'Association nationale des professeurs.

A — Vous occupiez quelles fonctions ?

B — J'étais juste un membre ordinaire.

A — Vous exerciez aussi la médecine au Nord ?

B — Oui.

A — Vous travailliez dans une clinique privée ou dans un hôpital ?

B — Au début, je travaillais à l'hôpital universitaire. Ensuite, j'ai travaillé un mois à l'Hôpital du Peuple.

A — Par « hôpital universitaire », vous entendez la faculté de médecine de l'université Kim Il-sung ? Quelle était votre fonction, votre domaine de compétence ?

B — Professeur de gynécologie.

A — Comment s'explique le fait que vous n'ayez pas été éliminé par les communistes et que vous ayez pu continuer à exercer votre métier ?

B — Je ne m'intéresse pas à la politique. J'étais responsable des étudiants en doctorat avant la Libération, et on m'a maintenu à mon poste ; ils m'ont laissé poursuivre mes cours, voilà tout. Je ne me suis jamais mêlé de rien d'autre. La seule chose qui m'intéressait, c'était d'enseigner ma discipline.

A — À l'Hôpital du Peuple, quelles étaient vos attributions ?

B — J'étais chargé du quartier réservé.

A — Le « quartier réservé », qu'est-ce que c'est au juste ?

B — Ce sont les salles réservées aux militaires et aux auxiliaires, aux membres du parti communiste, à leur famille.

A — N'est-ce pas la preuve que le Parti vous faisait totalement confiance ? La plupart des médecins ont été mobilisés et envoyés en campagne. Vous, vous étiez un privilégié, non ?

B — Vous ne savez pas comment les choses se passaient de l'autre côté, vous ne pouvez pas comprendre ce que je dis. Ceux qu'on laissait à l'arrière avaient encore plus de raisons de se plaindre que ceux qui étaient mobilisés.

A — Ce n'est pas logique. Comment l'arrière pourrait-il être plus dur que le front ? Vous, au moins, vous aviez la possibilité de rencontrer les dignitaires du Parti… Expliquez-vous.

B — Je le répète, la politique ne m'intéresse pas. Une chose est sûre, c'est que si je suis venu ici, c'est pour échapper aux communistes et sauver ma peau.

A — Certifiez-vous que ce que vous venez de déclarer est la stricte vérité ?

(Le suspect a lu le procès-verbal et l'a approuvé.)

Je déclare rapporter ici fidèlement le déroulement de l'interrogatoire. Je ne sais pas encore si le suspect est un agent du Nord, mais ce qui est certain, c'est que, de par son statut de professeur, il a servi le parti communiste en acceptant de travailler au poste où il était affecté. Il est indispensable de le soumettre à une surveillance attentive. Je suis d'avis de le remettre aux mains de la police.

Capitaine Bak Yungu, chargé de l'interrogatoire.

Han Yongdok fut transféré à Dægu, où il dut, un mois entier, répondre aux questions de la police. Une fois tiré d'affaire, il mena une vie de misère pendant près d'un an, jusqu'au moment où il retrouva sa sœur qui habitait dans les faubourgs de Séoul. Cela faisait plusieurs années qu'ils étaient séparés.

C'est grâce à So Hakjun, à qui il était allé rendre visite, que les retrouvailles eurent lieu. Alors qu'il travaillait à l'hôpital militaire de Séoul en tant qu'officier de santé, So avait eu incidemment des nouvelles de la sœur de Han : elle avait perdu son mari dans les combats, et survivait modestement avec ses trois enfants grâce à des travaux de couture.

Han, toujours à la recherche d'un emploi, ne pouvait décemment rester très longtemps chez elle. Ce matin-là, tandis qu'elle découpait un morceau de toile de parachute qu'elle allait emporter à sa boutique pour ses travaux de couture, il était resté assis devant la table, immobile. Elle s'inquiétait pour son frère : il avait les joues si creuses et si mauvaise mine... Il balbutia :

« Yongsuk, je crois que... il vaut mieux que j'aille vivre ailleurs...

— Pourquoi donc ? Tu ne te sens pas bien ici ?

— Bien sûr que si, mais ce n'est pas ça : il faut que je travaille, moi aussi. Tu es la seule à te démener. »

Yongsuk était passée au Sud à la Libération avec son mari, que la guerre lui avait ravi quelques années plus tard. Elle vivait seule, en plein désarroi. C'est alors que son frère avait surgi. Pour elle qui avait laissé ses parents au Nord, le retrouver après six ans de séparation était un grand réconfort : il pouvait lui apporter le soutien qu'une femme attend d'un chef de famille.

« Mais non, tu ne gênes pas ! Et mes enfants sont encore petits.

— C'est bien pour cela que je ne veux pas être à ta charge. Si j'avais un peu d'argent, je pourrais ouvrir un cabinet... Trouver un poste dans les hôpitaux, c'est trop difficile. Je n'y songe même plus.

— Pourquoi n'es-tu pas allé à l'hôpital de la Croix-Rouge, tu m'as dit qu'ils étaient prêts à t'engager ? »

Elle regretta aussitôt d'avoir évoqué ce mauvais souvenir. Elle n'ignorait pas, en effet, qu'à trois ou quatre reprises il avait fait acte de candidature à des postes dans les hôpitaux, mais sans résultat. Elle savait parfaitement à quel point il était dépité, affecté par ces échecs. Elle était persuadée que, s'il avait raté ce poste à l'hôpital de la Croix-Rouge, c'était à cause de son entêtement, de cet esprit borné qui le caractérisait.

Comme si, en cet instant, il avait deviné ce qui se passait dans la tête de sa sœur, il répondit évasivement :

« Je n'en sais rien. On m'a dit de revenir quelques jours plus tard. Quand j'y suis retourné, on m'a dit qu'il n'y avait pas de poste vacant.

— Tu ne crois pas que c'est un prétexte ? Que c'est parce que tu as fait de la prison à Dægu et qu'on se méfie de toi ? »

C'est So Hakjun qui lui avait raconté les difficultés auxquelles son frère s'était heurté dans ses démarches pour trouver un emploi. Elle voyait bien que les choses n'allaient pas fort pour lui : ne prenait-il pas, tous les matins, un œuf au *soju** pour se donner du cœur ? Il avait bien envisagé d'aller travailler en province, mais la sécurité n'y était pas encore vraiment assurée. Et malgré les quelques réponses vaguement positives qu'il avait reçues, il préférait rester à Séoul où vivaient sa sœur et ses rares amis.

« En taule, je n'y suis resté qu'un mois. Et puis, au Nord, tout le monde travaillait pour le Parti : je ne peux tout de même pas écrire des contrevérités dans mon curriculum vitæ !

— Évidemment ! Tu écris ce que tu veux, mais il semble bien que c'est parce que tu étais professeur au Nord qu'on ne veut pas de toi ici, tu ne crois pas ?

— J'ai envie d'essayer de travailler chez un de ces clandestins qui exercent sans autorisation, comme So me le conseille…

— Oui, mais comme tu n'apporteras rien en termes

---

* Alcool de riz, blé, orge, patate douce (env. 20°).

d'investissement, celui qui t'engagera se réservera tous les profits, et tu te feras exploiter.

— Je proposerai cinquante-cinquante. Si j'arrive à faire des économies, je pourrai ouvrir un cabinet à moi, un jour. »

Han, de fait, avait été contacté par un certain Bak, lequel l'avait approché sur les conseils de Li Piljun, dentiste, un vague ami d'enfance. Natifs du même village, les pères de Li et de Han avaient eux-mêmes été des amis. Le Bak en question, après avoir travaillé dix ans comme prothésiste chez Li, avait monté une petite clinique à Séoul en profitant de l'anarchie qui régnait au lendemain de l'armistice. Il n'avait jamais ouvert de ventre, pas même de grenouille, il avait tout au plus lu quelques livres et assisté à deux ou trois opérations en regardant par-dessus l'épaule des chirurgiens. Il est de notoriété publique, d'ailleurs, que pendant la guerre, ceux qui exerçaient la médecine étaient loin d'être tous dûment diplômés. Bak avait pris pour associé un certain Kim Jongshik, qui avait travaillé dans une clinique en tant qu'assistant et pharmacien. Tous deux égaux dans l'illégalité, ils s'entendaient comme larrons en foire.

Quand Séoul avait été repris une première fois par les alliés, ils avaient dévalisé les cliniques avant le retour de leurs propriétaires et s'étaient approprié leur matériel. Ils en avaient revendu une partie et gardé le reste pour leur propre clinique, installée en banlieue. Aussi s'étaient-ils retrouvés en possession d'un équipement fort enviable, et, dans le désordre de la guerre, leurs affaires prospérèrent. Mais quand les alliés eurent repris la capitale une seconde fois – qui allait être la dernière –, les autorités sanitaires procédèrent à des contrôles dans le but de faire le ménage. Les faux médecins s'en tiraient plus ou moins bien en graissant la patte des fonctionnaires. Nos deux larrons furent contraints de fermer boutique et ne purent plus pratiquer que clandestinement. Bak remua ciel et terre pour obtenir une patente, mais sans résultat. Les fonctionnaires demandaient pot-de-vin sur pot-de-vin et l'autorisation ne venait jamais. Bak et Kim en étaient réduits à payer non seulement les inspecteurs en tournée mais aussi les fonctionnaires qui travaillaient prétendument à la délivrance de la licence tant désirée. Bak calcula que, pour sortir de cette ornière, il fallait engager un médecin patenté qui leur servirait de garant. C'est dans cette idée qu'il avait contacté Han Yongdok. Han, qui n'avait pas encore donné sa réponse, hésitait. Face à sa sœur qui se donnait bien du mal pour se tirer d'affaire toute seule, il se sentait terriblement honteux.

« Si j'arrivais à ouvrir un cabinet, je pourrais t'aider…

—Ne t'en fais pas pour moi… Moi, je n'ai jamais vu qui que ce soit réussir dans la vie en travaillant en tant qu'associé. Tâche plutôt de te faire engager dans un hôpital général. Ces deux lascars, ils se sont sûrement dit que c'était une aubaine de t'avoir trouvé. »

Yongsuk était fière de son frère et de la réputation qu'il s'était forgée à Pyongyang. Il avait fait ses études à l'université de Pyongyang, puis au Japon, à Kyoto. Il avait déposé sa thèse de doctorat juste avant la Libération. Le 38ᵉ parallèle avait alors subitement isolé le pays, si bien qu'il n'avait jamais pu soutenir sa thèse à l'université de Kyoto. Yongsuk se sentait sincèrement désolée de voir son frère s'apprêter à servir de paravent à des charlatans.

« Si tu réussis à l'hôpital général, tu pourras ouvrir ton cabinet. Et puis il faudra songer à te remarier. Mais en attendant, tu peux rester avec nous. »

Une ombre passa sur le visage de l'homme.

« Ah ça, je préfère vivre seul ! C'est trop encombrant, le mariage.

— Mais non ! Un homme, pour rester digne, doit avoir une femme. Tu as sans doute lu, dans les journaux, qu'ils seraient en train de négocier un cessez-le-feu… mais personne ne sait combien de temps ça prendra, dix ans, vingt ans peut-être… »

Le conseil qu'elle donnait à son frère la concernait tout autant, mais elle n'avait pas songé une seconde au mariage pour elle-même. Dès qu'elle abordait ce chapitre, il préférait s'éclipser plutôt que d'argumenter avec elle.

Il se rendit donc chez Bak, bien qu'il fût encore loin d'avoir épuisé le délai de réflexion qui lui avait été consenti.

C'est en tant que gynécologue que Han intéressait Bak. Il avait, de plus, des compétences en matière de chirurgie qui ne seraient pas inutiles. Puisqu'il fallait solliciter l'octroi d'une vraie licence, s'était dit Bak, autant le faire pour une spécialité « populaire ». Tandis que des gens mouraient par milliers chaque jour sur le front, des enfants – par quel mystère ? – naissaient chaque jour plus nombreux. À cela s'ajoutait que les filles publiques, notamment celles qui travaillaient pour les troupes alliées, attrapaient toutes sortes de maladies.

Et, signe des temps, maintes jeunes femmes se faisaient avorter illégalement. Nul ne sachant ce que le lendemain lui réservait, les filles se prostituaient pour gagner de quoi manger. Quant aux jeunes filles de bonne famille, elles ne se refusaient plus aucun plaisir. L'avortement étant interdit, les faiseurs d'anges offraient leurs services à prix d'or et amassaient très vite de véritables fortunes. Si Han voulait bien se prêter à ce jeu là, sous couvert de gynécologie et moyennant quelques petites enveloppes glissées dans la poche des inspecteurs pour qu'ils ferment les yeux, il pourrait avoir son cabinet à lui au bout d'un an. Tel était le marché que Bak lui mettait sous les yeux. Han l'interrompit net, ne lui laissant aucun espoir. Mécontent, Bak riposta, avec un sourire narquois :

« Vous alors, vous êtes d'une candeur !

— Il n'est pas question que je fasse des choses que la loi interdit, c'est tout.

— Croyez-vous donc que la médecine soit encore un sacerdoce ? »

Bak essaya de le faire changer d'avis, mais, prenant la mesure de l'entêtement du docteur, il finit par renoncer à l'idée de coopérer avec un type pareil. À l'instant où Han prenait congé sur le seuil du *dabang** où avait eu lieu l'entrevue, Kim, l'associé de Bak, arriva en courant pour annoncer, à bout de souffle, qu'il y avait une nouvelle inspection à la clinique :

« Oui, ceux de la santé publique sont venus, et, avec eux, des flics ! Ils demandent le directeur. Qu'est-ce

---

* Bar, débit de boissons avec hôtesses.

qu'on fait ? »

Bak supplia Han de les tirer de ce mauvais pas, lui proposa un meilleur salaire, s'inclina très bas, lui pressa les mains. Han finit par se laisser émouvoir, se disant que, au fond, il était malséant de maintenir ses exigences morales en cette période où chacun se battait du mieux qu'il pouvait pour survivre. Il accepta de faire semblant d'être le directeur de la clinique, produisit sa licence de médecin, et l'inspection s'acheva sans encombre. Ainsi débuta sa collaboration. Les faux médecins accrochèrent une enseigne au nom du docteur Han Yongdok. Bak, qui s'était dit d'accord pour donner à Han la moitié des bénéfices, ne tint pas promesse et partagea en trois. Han accepta cela encore, alors que ses revenus ne représentaient que la moitié du salaire d'un médecin hospitalier. Il devait rester au cabinet toute la journée et parfois faire des visites de nuit à domicile.

Dans le *dabang* que Bak fréquentait, il y avait une femme non dépourvue de charmes, Yun Mikyong, sur qui la sœur de Han fronçait les sourcils, disant à qui voulait l'entendre que les femmes du Sud et la fidélité, ça ne faisait pas bon ménage. Cette Yun travaillait comme hôtesse dans le bar. Mère d'un garçon de sept ans, elle était restée sans nouvelles de son mari, officier de police emmené par les Coréens du Nord. Personne ne connaissait la nature exacte des relations que Bak entretenait avec elle. À vrai dire, Kim aussi s'intéressait à elle. Il l'invitait souvent à dîner, au dancing, faisait du zèle pour obtenir ses faveurs. Bak avait mis en œuvre une stratégie toute différente : il comptait se faire passer pour un ancien étudiant de l'université de Pyongyang, chose dont personne ne pourrait vérifier l'exactitude. Pour cela, il avait besoin du consentement tacite de Han, n'allant tout de même pas jusqu'à espérer de lui un faux témoignage. Comme il avait également besoin de lui pour les avortements, son plan était d'utiliser madame Yun pour le retenir. Il arrangea des présentations : Han et madame Yun semblèrent s'entendre plutôt bien. Elle avait été visiblement heureuse d'apprendre que Han était médecin et qu'il était venu à Séoul seul, sans ses enfants.

Un jour, après avoir ôté sa blouse, Han griffonna un numéro de téléphone sur un papier qu'il remit à Bak :

« On m'attend. En cas d'urgence, vous pouvez m'appeler ici. »

Bak, occupé à se curer les ongles avec un bistouri rouillé, jeta un coup d'œil sur le bout de papier.

« Eh bien dites donc, professeur !… Un restaurant chinois ! Vous ne vous refusez rien !… Vous m'emmenez ? » dit-il en plaisantant.

En public, il appelait Han son « aîné », et lorsqu'il dînait avec ses amis, il le présentait comme étant sorti de la même université que lui, mais d'une promotion plus ancienne.

Han sourit, embarrassé. Se dirigeant vers la salle de consultation, il proposa :

« Venez nous rejoindre au Bubyonglu un peu plus tard, si ça vous chante.

— Mais non ! mais non ! J'imagine que c'est avec madame Yun que vous avez rendez-vous… Qu'est-ce que je viendrais faire entre vous deux, hein ?

« — Mais si, venez, on vous attend. D'ailleurs, elle me parle de vous régulièrement. »

Bak était aux anges, il s'amusait à tourner sur sa chaise pivotante. C'est qu'il venait de recevoir cette patente tant attendue qui allait désormais lui permettre de pratiquer la chirurgie en tant que diplômé de l'école de médecine de Pyongyang. Le document précisait, en outre, qu'il avait de nombreuses années d'expérience. À quiconque viendrait à présent lui demander sa licence, il se ferait un malin plaisir de lui agiter ce papier sous le nez. Ceux qui ne lui voulaient pas que du bien n'auraient plus qu'à déguerpir la queue basse. Il était maintenant, très officiellement, docteur en médecine dûment diplômé.

Plongeant le nez dans son journal, Bak répondit :

« Non, ne comptez pas sur moi : j'attends une patiente.

— Qui ça ?

— Une dame qui a consulté hier. Ne vous en faites pas, rien d'important : je peux me débrouiller tout seul.

— Vous n'opérez pas, j'espère ! »

Bak referma son journal d'un geste brutal. Son sourire forcé laissait transparaître sur son visage les stigmates d'une vive irritation.

« Vous voulez dire que je ne suis pas compétent, c'est ça ? J'ai pourtant fait, une fois, une césarienne en urgence. J'aime mieux que vous ne vous mêliez pas de ces choses.

— On n'est jamais assez prudent. Même quand il ne s'agit que d'un accouchement. Ou d'un avortement.

— Les merdeux, c'est pas ce qui manque dans ce

pays! Si on n'en balançait pas de temps en temps à la poubelle, où est-ce qu'on irait?

— Chacun doit pouvoir venir au monde avec son petit capital de chance... Il ne faut pas, sous prétexte que ça rapporte quelques sous, aller contre la loi et tuer des êtres qui ont commencé à vivre dans le ventre de leur mère.

Oh! vous, on sait bien que vous avez tout d'un *yangban**, et que vous préféreriez couler à pic plutôt que de tenter de vous en sortir – quelle humiliation! – en nageant comme un chien-chien.

— Où est passé monsieur Kim?

— Il est allé chercher de la pénicilline et des antibiotiques: au marché noir, on en trouve jusqu'à cinq fois moins cher.

— Je serai de retour dans trois heures. »

Han sortit. Il souffrait des railleries que Bak lui adressait.

Au restaurant chinois, Yun Mikyong était déjà là, dans la salle à l'étage. Cette fois, elle avait mis un tailleur et s'était maquillée avec discrétion. On aurait dit une étudiante. Elle pianotait sur le mouchoir blanc qu'elle avait posé sur la table. L'ongle de ses petits doigts avait été teinté à la balsamine**. Elle était bien un peu carrée d'épaules, mais son chemisier à manches raglan l'amincissait. En s'inclinant devant elle, Han Yongdok lui demanda sur le ton d'une intimité toute naturelle:

---

* Noble, aristocrate.
** Les jeunes filles se teignent les ongles avec cette fleur d'été. Cela porte bonheur si la teinte se voit encore lorsque tombe la première neige.

« Alors, ce déménagement, c'est fait ?

— Oui, ça a pris juste une heure. L'appartement est parfait, mais je me demande si c'est bien pour mon fils…

— Pourquoi donc ? Les enfants du quartier sont un peu remuants ? C'est une bonne chose, ça lui fera des amis…

— Non, ce n'est pas ça. Il y a des « filles » dans l'immeuble, deux prostituées, des « princesses occidentales » comme on les appelle, car elles travaillent pour les étrangers – ce qui fait que les soldats américains n'arrêtent pas d'aller et venir.

— S'ils ne passent pas par la même entrée, ce n'est pas bien gênant. Et puis, l'année prochaine, Jinyong va aller à l'école, non ? »

S'apprêtant à allumer une cigarette, Han se ravisa et en proposa d'abord une à la jeune femme.

« Non merci. Il ne faut plus que je fume… J'aimerais arrêter de travailler au *dabang*. Je voudrais me reposer un petit peu… Et vous, vous devriez essayer d'ouvrir une clinique à vous, vous n'allez tout de même pas passer le reste de votre vie à travailler pour ce Bak ?

— J'ai bien le sentiment que je ne suis pas fait pour travailler dans une clinique. Les affaires et moi !… J'aimerais trouver une place dans un hôpital. Là, on n'a qu'à faire son boulot et empocher son salaire. Rien d'autre à s'occuper. »

Yun Mikyong avait l'air soucieuse. Était-ce la fatigue accumulée de jour en jour ? Le déménagement ? Son visage, marqué de rides au coin des paupières, laissait paraître davantage la détresse et la solitude. Elle buvait à petites gorgées de l'alcool de riz chaud tout en gardant fixés sur lui ses yeux humides. Au bout d'un moment, elle lui demanda :

« Vous pensez que le Sud va la gagner, cette guerre ? »

La question, incongrue à ce moment précis, fit prendre à Han toute la mesure de la place que la guerre et ses conséquences occupaient dans la relation qu'il entretenait avec cette femme. Un goût amer lui emplit la bouche.

« Ils vont signer un cessez-le-feu. Ils lancent des attaques coup de poing et s'arrêtent tout de suite : un vrai yo-yo. Une fois le cessez-le-feu signé, ce qu'on ne sait pas, c'est si on va pouvoir réunifier le pays et passer d'une partie à l'autre. »

Chaque fois qu'on annonçait à la radio que l'armée du Sud avait fait une percée, qu'elle avait gagné tant de kilomètres, qu'on était tout près de s'entendre sur une ligne de démarcation… il sentait l'espoir renaître en son cœur.

Yun Mikyong lui demanda gentiment :

« Vous êtes encore chez votre sœur ?

— Oui. Comme pour vous, c'est la guerre qui a fait d'elle une veuve… Ce n'est pas très commode de vivre chez sa sœur.

— Quand vous avez du linge à laver, apportez-le-moi, je m'en occuperai. Et puis, vous pouvez passer à la maison quand ça vous chante, je vous offrirai un verre. »

Elle avança une main par-dessus la table et toucha du doigt un bouton de la veste du médecin, qui ne tenait plus que par un fil. Elle le décrocha d'un geste sec et l'enfouit dans son sac à main.

« Si vous le laissez comme ça, vous allez le perdre. Et vos boutons seront dépareillés. Quand on en a perdu un, ce n'est pas facile de le remplacer. Je le garde et je vous le recoudrai quand on se reverra. »

Han rougit comme un adolescent. Il gardait les yeux fixés sur l'espace laissé vide dans l'alignement des boutons de sa veste croisée. Lorsqu'une femme joue à ce jeu-là, songeait-il, on sait bien ce que ça veut dire. Pourtant, il se sentait tout ému. Quelqu'un survint à cet instant pour lui dire qu'on l'appelait au téléphone. Il se leva à contrecœur. C'était la voix de Kim, il avait l'air très embarrassé.

« C'est urgent, docteur. Bak a dû faire une gaffe, il ne sait pas comment s'en tirer… »

Han sentit son cœur se soulever. Les ongles teints à la balsamine de son amie s'imposaient à sa pensée et le rendaient songeur. Il n'avait surtout pas envie d'être dérangé en ce moment.

« Un avortement ?

— Oui.

— Je vous ai dit mille fois de ne pas vous occuper de ces choses-là.

— Je n'y suis pour rien : c'est Bak qui a décidé. »

Han essayait de garder son calme.

« Elle en était à quel mois ?

— Au cinquième.

— Non, non ! c'est beaucoup trop tard pour un curetage ! Il fallait provoquer une fausse couche ! »

De sombres nuages s'accumulaient dans ses pensées. Il avait tant vu de choses ces dernières années, tout était possible, surtout le pire.

« Passez-moi Bak. »

Bak était beaucoup plus calme qu'il ne s'y attendait.

« J'ai provoqué le travail en séparant les annexes fœtales. Le fœtus est venu mort-né. Mais l'hémorragie... je n'arrive pas à l'arrêter.

— C'est sans doute que l'utérus a été déchiré, ou qu'une trompe a éclaté à cause d'une grossesse extra-utérine. Il y a combien de temps qu'elle a été opérée ?

— Deux heures.

— Vous l'avez mise sous perfusion ?

— Je n'ai pas pu, pas eu le temps. Ça fait même pas une demi-heure que j'ai fini. »

Han savait bien qu'il pouvait la sauver, mais il voulait saisir l'occasion pour donner une leçon à son « confrère ».

« Je ne suis pas certain de pouvoir faire quelque chose. Quand il s'agit d'une personne dont on interrompt la grossesse de façon parfaitement légale, il va de soi qu'il faut tout tenter pour la sauver. Mais dans le cas présent, quand on commet ce genre d'imprudence, qui doit être tenu pour responsable ?

— Mais, docteur, on n'a pas le choix. Si je vous ai engagé, c'est justement pour avoir votre aide dans ces moments-là !

— Mais l'initiative, c'est vous qui l'avez prise. Et ce n'est pourtant pas faute d'avoir été prévenu... Tout d'abord, mettez-la sous perfusion. Ensuite, appelez la famille. Si jamais on doit lui enlever l'utérus, elle ne pourra plus avoir d'enfants.

— Mais venez donc ! Il faut la sauver. Si jamais elle meurt, Kim et moi, on est fichus. Je prépare un papier pour attester que c'est Kim et moi qui l'avons opérée, je vais écrire ce qui s'est passé bien précisément. Je dirai que vous, vous êtes intervenu juste en dernier recours. Vous n'aurez pas d'ennuis.

— Le plus urgent, oui, c'est de la sauver. J'arrive tout de suite. »

Lorsque Bak, avec un soupir de soulagement, reposa le combiné, Kim, à ses côtés, protesta :

« C'est pour quoi faire, ce papier ?

— Tu es d'un naïf ! se moqua son associé. Si je ne lui disais pas des trucs comme ça, tu crois qu'il viendrait donner un coup de main ? Si jamais ça tourne mal, ce sera son problème. Si, en revanche, ça se passe bien, eh bien, tant mieux pour nous.

— On s'en tirera peut-être dans un premier temps, mais tôt ou tard, la famille comprendra ce qui s'est passé. Tu crois qu'ils vont se gêner pour rappeler qu'ils ont demandé un avortement, pas une ablation de l'utérus ? D'ici à ce qu'ils nous traînent en justice…

— Ne t'inquiète pas : on dira qu'on a fait notre boulot, mais que Han a voulu y mettre son grain de sel… Et puis, on est deux, non ? Alors que lui, il est tout seul ! »

Nulle raison en effet de s'inquiéter, ils avaient pour eux la loi du plus fort.

Au remariage de Han Yongdok, So Hakjun vint avec sa nouvelle épouse. Il était passé seul au Sud lui aussi, abandonnant sa famille au Nord, quand l'hôpital de Pyongyang avait dû être évacué en catastrophe. C'est à

Busan qu'il avait rencontré celle qui allait devenir sa femme. Lui travaillait à l'hôpital de campagne ; elle, poussant sa charrette par les rues de la ville, vendait des crêpes aux légumes et du *soju*. Elle avait placardé une affichette rédigée en gros caractères, disant qu'elle était à la recherche de son mari disparu à Heungnam, port du Nord sur la côte est. So avait commandé un verre et écouté son histoire. Le drame était survenu au moment où ils avaient été transférés d'un bac à un navire militaire. Lui, devant, avait été entraîné par le flot humain ; elle, restée un peu en arrière, l'avait très vite perdu de vue. Elle avait eu beau tourner en tous sens sur le pont… Depuis qu'il avait fait la connaissance de cette femme, So allait tous les soirs boire un verre à son étal avant de retourner à l'hôpital. L'homme est ainsi fait que le temps efface dans sa mémoire les souvenirs les plus amers pour permettre à de nouvelles affections d'éclore. Il avait pris en charge les deux enfants de sa nouvelle épouse.

Vinrent également d'anciens étudiants de la faculté de médecine de Pyongyang. Parmi eux, une majorité était originaire de ce qui, maintenant, s'appelait « le Nord ». Certains s'étaient remariés, d'autres avaient pris pension chez des particuliers.

Au cours du dîner de noces, la nostalgie s'empara des esprits. Les convives chantèrent *le Port* jusqu'à une heure avancée de la nuit, chanson populaire du temps où ils étaient étudiants. Ils n'avaient plus envie de se quitter. So proposa d'organiser, un jour prochain, une soirée où seraient conviés tous les anciens de la faculté dont on avait retrouvé la trace.

Le projet ne fut mis à exécution qu'au printemps. Ils furent vingt-trois à participer à la réunion, tous anciens de la faculté de médecine de Pyongyang vivant désormais à Séoul. Ceux dont les épouses avaient réussi à s'échapper de Pyongyang vinrent donc accompagnés. Tous se souvenaient parfaitement de chacune d'entre elles : l'une était la fille d'Untel, qui passait souvent par telle rue, fréquentait telle école… C'était drôle de revoir métamorphosées en dames d'âge mûr celles qu'ils avaient connues en uniforme de lycéenne, jupe noire et chemise blanche, ou en costume traditionnel. Ceux qui avaient tout abandonné là-bas et s'étaient remariés au Sud cédaient à la mélancolie. L'alcool aidant, l'atmosphère s'échauffa. Dans le groupe, cependant, se trouvait un convive qui n'avait pas desserré les dents et que personne ne connaissait. So, pensant que c'était quelqu'un d'une promotion postérieure à la sienne, ne s'était pas inquiété de savoir qui il était. Après avoir englouti verre sur verre, le docteur Go, l'un des plus âgés du groupe, le prit à partie :

« T'es qui, toi ? T'es de quelle promo ?

— La promotion de 42. Vous ne vous souvenez sans doute pas très bien de moi… »

En 1942, So et Han enseignaient à la faculté. Si l'un ou l'autre confirmait les dires de l'inconnu, tout était réglé. Go s'adressa à Han :

« Tu le connais, lui ? »

Au lieu de se contenter d'une réponse évasive qui aurait satisfait tout le monde, Han fit non de la tête avant de préciser :

« Il tient une clinique – où je travaille –, mais je n'ai

pas le moindre souvenir de l'avoir vu à la faculté. »

Des chuchotements coururent autour de la table ; l'atmosphère se figea. L'inconnu tourna la tête à droite, à gauche, se leva et partit.

So rabroua son collègue :

« *Tsss ! tsss !* Mais apprends donc un peu à vivre ! Tu aurais pu te contenter de répondre de façon approximative et choisir un autre moment pour vendre la mèche. Comment est-ce que tu fais pour mettre les pieds dans le plat comme cela ? Tu ne vois pas que tu lui fais perdre la face ? »

Go à son tour s'adressa à Han :

« Si jamais il arrive un pépin, qu'est-ce que tu feras ? Ça portera atteinte à la renommée de la faculté. Il ne faut pas laisser faire des choses comme ça. Et de la part de quelqu'un qui a enseigné à la faculté, c'est absolument inacceptable !… Tu travailles avec lui et, si je comprends bien, il se fait passer pour un diplômé de la faculté ! »

Han gardait le silence, vidant coup sur coup plusieurs verres. Puis, lentement, il balbutia :

« Moi… je ne pense pas que… que la médecine… soit encore pratiquée avec le respect qu'on lui doit. Qui de nos jours… qui donc oserait prétendre l'exercer avec conscience ? Pour tout le monde, ce n'est plus qu'un métier qui rapporte. Lui aussi, il a choisi la médecine pour pouvoir gagner sa vie. De quel droit je l'empêcherais ? On a tous tant de mal à s'en sortir… »

So vint au secours de son ami :

« Yongdok a raison. On n'est plus à la même époque, tout a tellement changé. Faut pas lui jeter la pierre. »

Les autres renchérirent :

« C'est juste, elle est bien finie l'époque où la médecine était un sacerdoce. C'était vrai du temps où le pays s'ouvrait*, ce n'est plus le cas aujourd'hui. »

Han but plus que de raison, ses amis furent obligés de le ramener chez lui.

Bak n'évoqua jamais cette affaire devant quiconque à l'exception de Kim, et ne laissa paraître aucun signe de mécontentement ou de rancune.

Dès lors mal à l'aise devant Bak et profondément troublé par la remarque de Go, Han se porta candidat à un poste à Busan.

Yun Mikyong, son épouse, se trouva enceinte. Kim, qui était célibataire, prenait ses repas chez Han, ce qui lui permettait de voir Yun Mikyong plusieurs fois par jour. Chaque fois, il la taquinait un peu :

« Mikyong, j'ai faim.

— Comment osez-vous m'appeler comme cela ?

— Comment est-ce que je dois vous appeler ? "Madame Han", c'est ça que vous voulez ?

— Ce n'est pas des manières, de se montrer aussi familier ! Les gens vont se mettre à jaser ! Si vous continuez, mon mari vous priera d'aller prendre vos repas ailleurs…

— Désolé, madame. Ne vous fâchez pas, excusez-moi.

---

* À partir de 1876, mettant fin à une longue période d'isolement, le royaume de Corée a été contraint de signer des traités en faveur de l'établissement de relations diplomatiques et commerciales, d'abord avec le Japon, puis les États-Unis, l'Allemagne, la Russie et la France, provoquant un profond mouvement de modernisation du pays.

— Eh bien quoi ? Qu'est-ce que vous avez donc à me taquiner comme ça sans arrêt ? Qu'est-ce que vous cherchez ?

— Monsieur Han est votre mari, très officiellement. Mais moi, je suis quoi ? Pas grand-chose, ni votre amant, ni votre pensionnaire...

— Écoutez, monsieur Kim, je suis, maintenant, bel et bien mariée. Vous n'avez qu'à vous contenter de profiter tout simplement de l'hospitalité qu'on vous offre, voilà tout.

— Vous et monsieur Han, vous êtes mariés, je sais bien, mais n'oubliez pas qu'il a une femme et des enfants, là-bas, au Nord.

— Et alors ?

— Des rumeurs disent qu'il faut se méfier de lui.

— Comment ça, se méfier ?

— Là-bas, il était professeur de médecine. On est encore en guerre, et il finira bien, un jour ou l'autre, par abattre ses cartes... Pour écarter les soupçons, il lui fallait faire semblant de s'installer définitivement ici, et la meilleure façon, n'est-ce pas de fonder une famille ? Vous êtes naïve : des gens aussi parfaits que monsieur Han – du moins aussi parfait qu'il veut en avoir l'air – eh bien, vous pouvez être sûre qu'il n'y en a pas beaucoup dans ce monde !

— Vous dites n'importe quoi !

— Vous ne voyez pas qu'il y a d'autres femmes qui lui tournent autour ? Tenez, pas plus tard qu'hier, il y en a une qui est venue le voir et ils sont partis ensemble. Il a dû rentrer ici peu avant minuit, juste avant le couvre-feu, pas vrai ?

— Vous les avez vraiment vus ensemble ?

— Bien sûr ! Demandez donc à Bak !… C'est quand même curieux, les gens du Nord, quand ils se retrouvent, ils ne parlent de rien d'autre que du Nord. Demandez-lui, mine de rien, ce qu'il faisait au Nord, pourquoi il est passé au Sud tout seul, demandez-lui de chanter une chanson du Nord… Et puis – je n'avais pas l'intention de revenir là-dessus –, mais vous n'avez pas été gentille avec moi : j'ai trente-cinq ans et je n'ai jamais touché une femme. Il fallait d'abord que je m'occupe de gagner ma vie. Heureusement, je ne suis pas tout à fait nul, j'ai appris la médecine. Vous allez voir, je vais m'en sortir et faire fortune… Mais avec cette affaire de médicaments – les médicaments que le dentiste Li et moi on s'est fait confisquer –, on a beaucoup perdu. J'en suis encore à me demander comment ils ont découvert la planque. Celui que je soupçonne en premier, eh bien, c'est Han… D'ailleurs lui, il a peur de tout, il tremble pour un rien. Je suis à peu près sûr qu'il est en train de monter quelque chose. C'est quelqu'un de vraiment pas clair.

— Je dois convenir que, lorsqu'il a trouvé vos cartons à la maison, il n'était pas content du tout. Il m'a demandé pourquoi je vous avais laissé faire. Je lui ai dit que ces choses vous appartenaient. Il m'a ordonné de vous prier de venir les récupérer immédiatement.

— Je lui avais demandé à plusieurs reprises de me les garder juste quelques jours… Vous voyez bien, c'est lui qui nous a dénoncés ! Autrement, comment les flics auraient-ils pu savoir que les cartons étaient là ? Ce ne sont pas les planques qui manquent ! Li est du même avis que moi. En tout cas, votre mari, il vous a bien menée en bateau !

— Arrêtez de dire des choses pareilles ! Ça suffit !

— Vous verrez, il foutra le camp, un jour ou l'autre. Il vous a juste épousée, comme ça, en passant... Il part bientôt pour la province, paraît-il ?...

Oui, il veut aller travailler à Busan, on partira ensemble.

— Si vous voulez mon avis, c'est le moment où il en profitera pour vous larguer. Quelqu'un qu'on rencontre comme ça, tout à fait par hasard, on ne peut pas lui faire confiance. Quand on a déjà eu une autre vie, on a beau rester cent ans ensemble, il ne peut y avoir de vraie confiance. Et puis, vous avez un môme sur les bras. Mettez-vous un peu à sa place : un réfugié qui vagabonde loin de chez lui, pourquoi il s'encombrerait d'une femme qui n'est pas sa légitime, hein ? Pour votre avenir, vous avez intérêt à essayer de savoir un maximum de choses sur lui, quand il compte partir pour Busan, et tout ça. Surtout, il faut le faire parler du Nord. Par les temps qui courent, il y a des commandos qui attaquent les autocars en plein jour. Comment pourrait-on faire confiance à quelqu'un qui est venu tout seul au Sud, surtout quand il avait une belle situation là-bas ? »

Kim ne manquait jamais une occasion d'insinuer tout et n'importe quoi, et Yun Mikyong était de plus en plus affectée par ce qu'elle entendait.

Après que Han fut parti pour Busan, une brigade de l'inspection sanitaire débarqua à la clinique. Un agent en blouson passa les menottes aux poignets de Bak, un autre, qui devait être inspecteur, se mit à fouiller les tiroirs. Bak protestait, brandissant ses poings attachés sous leur nez.

« En voilà des manières ! Qu'est-ce que j'ai donc fait pour être traité de cette façon ?

— Allons, allons, ne faites pas semblant d'ignorer que l'exercice de la médecine sans licence, ça vaut cinq ans de taule, minimum ! »

L'homme en blouson pesa sur l'épaule de Bak pour le faire asseoir. Kim ne lâchait pas la manche de l'inspecteur :

« Écoutez, on a quand même le droit de savoir ce que vous êtes venus faire ! On n'a jamais enfreint la loi. Il a une licence, lui ! Et puis on a engagé un autre médecin !

— Qui est le propriétaire de la clinique ? À quel nom elle a été ouverte ?

— Regardez là, c'est ma licence. »

C'est Bak qui avait répondu en montrant du menton le document sous verre, accroché au mur de la salle de consultation. L'inspecteur le décrocha et le jeta sur la table avec un sourire railleur. L'homme au blouson, en l'agitant sous le nez de Bak :

« Vous voulez parler de ce truc ? C'est un faux : vous pouvez vous torcher avec !

— C'est votre directeur qui nous a donné le feu vert ! » protesta Bak.

L'inspecteur ouvrit un tiroir et se mit à examiner dossiers et fiches, feuille à feuille. Il ne s'était pas défait de son méchant sourire.

« Le directeur que vous connaissez a été muté. Un

autre est arrivé. Il va falloir que vous demandiez une nouvelle patente…

— J'avais un cabinet au Nord. C'est pas normal qu'on invalide une patente sans bonnes raisons ! Je déposerai une plainte auprès de l'inspection.

— Libre à vous ! Nous, on n'a pas votre nom dans nos fichiers. Votre numéro de patente correspond à un autre praticien, ce qui veut dire que ça, c'est un faux. »

Bak resta à court de réponse. Il se passait la langue sur ses lèvres sèches. Kim, pour amadouer l'homme au blouson, lui parlait comme à un copain tout en essayant de l'attirer dehors :

« Vous savez bien comment ça se passe, hein ? Écoutez-moi, juste une seconde.

— Laissez-moi tranquille. Vous perdez votre temps, fichez-moi la paix !

— Je comprends, je sais très bien ce que vous pensez de tout ça. Alors autant parler d'homme à homme… »

L'inspecteur, qui examinait le registre des consultations, marmonna :

« Qu'est-ce qu'ils sont en train de mijoter, ces deux-là ? »

Bak prit une cigarette et, l'air misérable, en proposa une à l'inspecteur. Celui-ci hocha la tête en signe de refus.

« Je ne fume pas. Mais je vais vous allumer la vôtre. »

Il actionna le briquet en faisant des *tsss, tsss* vaguement réprobateurs. Bak aspira une grande bouffée puis, tirant l'inspecteur par la manche, à mi-voix :

« Grand frère, oui, parlons franchement. Inutile de se battre entre confrères…

« — Qui est-ce qui se bat ? Il ne fallait pas vous mettre en infraction, voilà tout !

— On ne sait jamais, des gens comme moi peuvent vous être utiles un jour ou l'autre. Quand l'occasion se présentera, je peux à mon tour... »

L'inspecteur ferma le registre et regarda dehors, par la fenêtre, les mains dans le dos. Bak s'approcha et, lui donnant de petits coups de coude :

« S'il vous plaît, combien voulez-vous ? Un billet ? »

L'inspecteur, en reculant, le repoussa :

« Pour qui me prenez-vous ? On dirait que c'est une seconde nature chez vous !

— Dans ce cas, trouvons autre chose. Ça vous rapporte quoi de mettre un type comme moi en taule ? Hein, dites-moi !

— Cette fois, l'ordre est venu d'en haut. Y a rien à faire. »

Bak comprit bien que l'inspecteur n'était pas seul dans le coup et que son offre devait s'adresser aussi à d'autres. Mais il voulait profiter de cette occasion pour régler, une fois pour toutes, cette histoire de patente, dût-il y engloutir toutes ses économies.

« Qui d'autre ? Le nouveau directeur ? J'irai le voir après avoir traité, d'abord, avec vous. S'il refuse, tant pis. Mais vous, vous n'avez qu'à faire comme son prédécesseur. Vous vous doutez bien que ce n'est pas la première fois que ce genre de choses m'arrive. La musique, je la connais par cœur. »

L'inspecteur fit mine de réfléchir, signifiant que tout cela, il le faisait, en somme, à contrecœur. Il se gratta la tête :

« Vous êtes désarmant, vraiment.

— Dans un mois, je suis incorporé : j'ai mon service militaire à faire. La clinique, j'allais de toute façon la fermer. Ça tombe plutôt bien : j'avais prévu d'aller vous rendre visite pour ma patente. »

Kim et l'homme au blouson rentrèrent bras dessus, bras dessous comme de vieux copains. Ce dernier, un peu embarrassé, s'expliqua :

« J'ai cru d'abord qu'il allait me filer des coups. Mais… il a fait tant et si bien qu'il a fini par me convaincre… »

Il déverrouilla les menottes de Bak qui, penché en avant, gardait les mains serrées entre ses genoux. Kim chuchota à l'oreille de Bak :

« Pas moins de deux billets à chacun.

— Quoi, deux billets ?

— Oui, ton cas est sérieux. Tu as exercé sans licence, tu en as falsifié une… difficile de s'en tirer à moins.

— Et toi, tu leur as dit que tu as un diplôme de pharmacien ?

— Je ne serai pas quitte, mais le titulaire du cabinet, c'est toi.

— Une somme pareille, je ne l'ai pas…

— Il faut parer au plus pressé. Tu leur signes une reconnaissance de dette, tu régleras après en empruntant. »

Le document rédigé, ils convinrent de se revoir le soir même en présence du nouveau directeur. Les deux inspecteurs partis, Bak se sentit soulagé. Il fermerait sa clinique le temps de faire son service en tant que médecin militaire, et il aurait une patente en bonne et due forme à son retour. Une belle perspective de carrière se profilait. Quelque chose le tracassait cependant. Cette inspection était survenue moins d'une semaine après le départ de Han. Les deux événements n'avaient-ils pas quelque chose à voir ? Il se remémora ce qui s'était passé lors de la soirée des anciens élèves. Hochant la tête, il dit :

« Je suis certain que c'est Han qui m'a balancé.

— Évidemment ! Qui d'autre que lui aurait pu le faire ?

— De toute façon, moi, je serai sous les drapeaux.

— Tu vois, il nous a fait le même coup, à Li et à moi… Tu te souviens de l'affaire des antibiotiques ?

— Cette fripouille, il a oublié qu'on lui a permis de gagner sa vie.

— Il n'est pas clair. À mon avis, il travaille pour le Nord…

— En le dénonçant, on va enfin être utiles à l'État…

— On verra bien qui sont les plus malins, des diplômés ou des gens comme nous. Moi aussi, j'ai ma petite fierté. »

Il sortit sa patente de son cadre et la déchira consciencieusement en petits morceaux.

ATTESTATION

Je soussigné Bak, citoyen de la République de Corée appelé à effectuer mon service militaire dans un camp d'entraînement en tant qu'officier, jure loyauté et fidélité à la nation. Si je livre les informations qui suivent, c'est par

amour pour mon pays et dans le seul souci de contribuer
au maintien de la sécurité et au succès du Gouvernement.
Ma déposition concerne un certain Han Yongdok, né à
Pyongyang, nommé titulaire de la chaire de gynécologie
de l'hôpital Kim Il-sung en 1948, actuellement médecin à
l'hôpital municipal de Busan. En 1950, après le début de
la guerre, il travaillait encore dans son université où il
bénéficiait de conditions particulières. Il est certain que
lorsqu'il a été envoyé au Sud, en décembre 1950, il était
investi d'une mission de collecte d'informations militaires,
de mise en place d'un réseau pro-nordiste, de propagande
auprès des dissidents du régime du Sud. C'est par un des
membres de sa famille que j'ai eu accès à ces informations.
Selon cette personne, Han a été interrogé, en 1951, par les
services de renseignement de la base du IIe détachement de
Busan et a été remis entre les mains de la police de Dægu.
Il s'était fait repérer alors qu'il tentait de contacter des
nordistes prisonniers au Sud dans le but de leur transmettre
des instructions les incitant à organiser des émeutes. L'ayant
observé de près, je n'ai plus aucun doute sur les raisons de
sa présence. Il s'est même remarié au Sud dans l'intention
de se faire passer pour un citoyen exemplaire. Une fois
installé, à partir de fin 1952, il s'est fait plus entreprenant
dans sa recherche de complices. Mettant à profit une
réunion – sous prétexte de dîner – des anciens élèves de
l'école de médecine de Pyongyang, il est parvenu à convain-
cre trois d'entre eux, tous médecins, qui ont laissé leur
famille au Nord. Il s'agit de Jo Hangyong, exerçant à
l'hôpital Songshim, Go Dongsu, directeur de l'hôpital Jeil,
et Jon Songhak, qui tient un cabinet de médecine géné-
rale. Ils essaient en ce moment d'élargir leur réseau, qui a

pour base l'hôpital Jeil. J'apporte pour preuve mon propre
témoignage : j'ai moi-même reçu des avances de leur part.
Kim Jongsik, pharmacien, a, en de nombreuses occasions,
entendu Han critiquer les actions de l'ONU. À plusieurs
reprises, ce dernier a, devant son épouse, pris ouvertement
le parti du régime du Nord. Li Piljun, dentiste, peut vous
confirmer que ces gens-là se réunissent, sous prétexte de
soirées amicales, pour critiquer le Gouvernement, les États-
Unis et les alliés. Han continue d'écouter la radio du Nord.
Il se déplace souvent en province, change régulièrement de
lieu de travail, n'a pas de véritable domicile fixe. Sa récente
installation à Busan a certainement pour but de lui
permettre de maintenir le contact avec les agents infiltrés
du Nord. Je joins une liste des personnes concernées, avec
leurs coordonnées.

Bak et Kim associèrent le dentiste Li Piljun à leur
démarche – ce qui fut aisé car (c'est le cas de le dire) il
gardait une dent contre Han à cause de l'affaire des antibiotiques –, et ils remirent leur déposition entre les
mains d'un agent des renseignements que le dentiste
connaissait bien. Bak, ensuite, appuya l'accusation en
parlant à un colonel de l'armée, le priant d'attirer l'attention de l'agence de contre-espionnage sur l'affaire
et d'insister sur sa gravité. Les flics, friands de dénon-
ciations de ce genre – celle-ci avait l'air bien étayée, et
elle était, de plus, appuyée par des officiers dignes de
foi ! – se frottèrent les mains : voilà un dossier qui valait
qu'on se donnât un peu de peine ! On accumulerait sans

mal quantité d'informations accablantes ; dans le meilleur des cas, on pourrait démanteler un réseau ennemi, au pire, on n'aurait fait que perdre un peu de temps. Et puis, les accusateurs eux-mêmes semblaient avoir des choses à se reprocher : on ferait d'eux, au besoin, des agents communistes… En ces temps-là, faire de quelqu'un un communiste était la chose la plus facile qui fût.

À Busan, sur le port de Yongdo où il était allé se promener, Han Yongdok croisa un vendeur de journaux qui lui parut ressembler étonnamment à son fils aîné. Il l'invita à déjeuner, marcha un moment en sa compagnie sur les quais, alla même jusqu'à prendre une photo de lui avec la mer en arrière-plan. De retour à la pension, il ne parvenait pas à fermer l'œil. Il avait dit à sa femme qu'il ne resterait pas plus d'un mois à Busan en attendant qu'un poste se libère à Séoul. Voici que le deuxième mois était déjà bien entamé. Comme aucune proposition ne lui était parvenue de Séoul, il se disait qu'il valait mieux pour eux qu'ils s'installent définitivement à Busan. Le bruit lancinant des vagues sur la plage, le passage obstiné du faisceau du phare, tout contribuait à tenir le sommeil éloigné.

Il entendit frapper à la porte de l'immeuble.

« Qui est-ce ? »

Les coups avaient continué malgré la question de la propriétaire. Puis ils avaient subitement cessé. Les visiteurs avaient dû entrer dans la cour, où ils parlaient à voix basse avec la propriétaire. Il y eut ensuite des bruits de pas dans l'escalier. Une ombre fit irruption par la fenêtre, un homme surgit par la véranda, un autre par la porte. Des lampes de poche braquèrent leur faisceau sur Han. Il essaya d'identifier ceux qui se tenaient derrière, dans le noir. Peut-être était-ce des cambrioleurs armés ? Ils avaient un revolver au poing, bloquaient toutes les issues, étaient entrés avec leurs chaussures…

« Tu ne nous échapperas pas ! »

« Les mains en l'air ! Mets-toi contre le mur. »

Han obtempéra. Ils examinèrent ses affaires, mettant de côté tout ce qui les intéressait. L'un d'eux appuyait le canon de son revolver dans son dos. Il le fouilla, puis entreprit de lui passer des menottes. Han, comprenant la gravité de la situation, se débattit :

« Mais qu'est-ce que ça veut dire ? Qu'est-ce que j'ai fait pour être traité comme ça ? »

D'un croche-pied, son gardien le fit tomber, le plaqua au sol, un genou dans le dos, puis, appuyant le canon de son arme contre la nuque du docteur :

« Fumier de coco ! Si tu fais le malin, je te loge une balle dans le crâne ! »

Han cessa d'opposer la moindre résistance. On lui fit descendre l'escalier. L'horloge, chez la propriétaire, sonna deux heures. Dans la rue, un autre agent faisait le guet à proximité d'une Jeep. Han dut s'asseoir à l'arrière, coincé entre deux musclés. Le type, devant, mastiquait son chewing-gum avec une régularité de machine, ce qui rendait Han encore plus anxieux.

« Où est-ce que vous m'emmenez ? » demanda-t-il.

Il n'obtint pas de réponse. Il reposa la même question. L'homme se retourna – il avait les cheveux très courts et de tout petits yeux – et jeta d'un ton railleur :

« On te ramène à Pyongyang, fumier ! »

Ce visage ne disait rien à Han, mais à cause de l'accent du Nord, il lui parut presque familier.

Depuis juin, Han Yongsuk ne quittait plus sa boutique. Elle y passait même ses nuits. À l'approche de l'été, les commandes de vêtements légers affluaient. Elle n'avait, pour tissu, que de la toile de parachute et du nylon. Pour réduire les coûts de production, elle dessinait elle-même ses modèles de chemises et de robes. Un jour qu'elle était occupée à coudre des franges de dentelle, un homme se présenta. Elle se sentit aussitôt mal à l'aise : il était rare en effet qu'un homme entrât dans cette boutique pour femmes. De plus, il la regardait droit dans les yeux.

« Bonjour. Vous cherchez quelque chose ?

— Tu es bien Yongsuk, n'est-ce pas ? »

Tout content d'avoir trouvé celle qu'il cherchait, il l'avait tutoyée d'emblée. Interloquée, elle se demandait qui était cet homme. Sans attendre, il enchaîna :

« Je suis Min Sangho. Tu as oublié Sunshim ? »

Han Yongsuk reconnut le mari de Sunshim, une amie d'enfance. C'était un footballeur. Il n'était pas bien grand, mais il avait des épaules larges et carrées.

« Mais comment as-tu fait pour me trouver ici ?

— Oh ça ! On se débrouille… »

Il examinait la boutique tout en s'éventant à l'aide du journal qu'il tenait à la main. Du temps du lycée, Yongsuk n'aimait pas ce garçon, elle le trouvait vulgaire et coureur. Pour que nul n'ignore qu'il faisait partie de l'équipe de foot de l'école de commerce Sungin, il passait le plus clair de son temps devant le lycée de jeunes filles, en short, avec un ballon sous le bras. Il draguait sa meilleure amie, Sunshim. Quand les filles ne savent encore rien des hommes, elles se fient sottement aux apparences. Lui la suivait partout où elle allait, l'assiégeait, lui envoyait des lettres enflammées. Et comme il n'y a pas d'arbre qui ne tombe au dixième, sinon au vingtième coup de hache, elle finit par récompenser son assiduité et, à l'insu de sa famille, lui accorda tout – ce qui fit son malheur pour le reste de sa vie. Sangho partit au Japon soi-disant pour faire des études, mais il ne parvint jamais à entrer dans aucune université ni même à terminer un cursus technique. D'échecs en redoublements, il finit par rentrer avec une étudiante enceinte de ses œuvres. Il trouva un emploi au service de la police sur la ligne de chemin de fer Pongchon-Andong où il mit tout son zèle à attraper ses anciens copains que leurs convictions idéologiques rendaient suspects aux yeux de l'administration coloniale et qui, pour cette raison, tentaient de passer en Mandchourie. Marionnette entre les mains des Japonais, il s'était mis complètement à leur service. À la Libération, Han Yongdok et ses amis s'étaient juré de lui filer une raclée dès qu'il réapparaîtrait, mais il ne mit pas les pieds à Pyongyang. Sunshim avait pour tous revenus ceux que lui procurait son élevage de vers à soie. Elle devait nourrir ses enfants et sa belle-mère. Elle n'avait pas perdu l'espoir de voir un jour revenir son mari, qui viendrait la chercher.

Depuis qu'elle était passée au Sud avec ses enfants, Yongsuk n'avait plus eu de nouvelles de son amie restée à Pyongyang. Mais c'est sans plaisir qu'elle venait de voir surgir cet homme dans sa boutique. Elle ne pouvait tout de même pas l'éconduire : n'était-il pas un compatriote, et qui plus est le mari d'une amie ? Elle passa commande de quelques plats chinois et d'alcool.

« J'ai vu ton frère, dit-il à brûle-pourpoint.

— Tu as été à Busan ? Peut-être habites-tu là-bas ?

— Non, c'est à Séoul que je l'ai vu.

— Comment ça ? Il a été engagé à l'hôpital municipal de Busan, il y est depuis plus de quinze jours. Ma belle-sœur attend un signe de lui pour aller le rejoindre. »

Après avoir avalé une gorgée du tord-boyaux chinois qu'on avait livré, Min hésita un moment. Puis, lui prenant le poignet, il dit à mi-voix :

« Justement, c'est pour ça que je suis venu te voir. Il lui est arrivé quelque chose, à ton frère. Il est bien à Séoul en ce moment. »

Yongsuk sentit son cœur s'affoler.

« Qu'est-ce qu'il a ? Il est blessé ?

— Il se trouve que ça se passe dans mon service… Faut dire, d'abord, que je ne suis qu'un simple employé… En parcourant les dossiers qu'on me donne, je suis tombé sur le nom de Han Yongdok. Un nom que je connais, et pour cause ! J'ai tout de suite pensé à toi. Je jouais avec lui dans la grande cour du lycée Songshil. J'ai bien regardé la photo dans le dossier : ton frère a une verrue sur l'aile du nez, n'est-ce pas ?… C'est bien lui. »

Tout devenait confus dans la tête de la femme : Dægu, Busan, Min Sangho, les dossiers, son frère à Séoul, incarcéré…

« Où est-ce qu'il est enfermé ?

— Écoute-moi. Comme j'étais sûr que c'était lui, je suis allé le voir. Il a pleuré, il était heureux de me voir.

— Ne me fais pas attendre, dis-moi où il est.

— Il est entre les mains des renseignements.

— Quoi ? Mais comment va-t-on faire ? Sais-tu seulement pourquoi il est là ?

— C'est une méchante affaire, je ne peux rien dire. Avec lui, il y avait trois de ses amis. C'est lui qui m'a dit où je te trouverais. Il m'a chargé de te prévenir ainsi que sa femme. »

Yongsuk sentait bien que son visiteur n'était qu'un petit tigre sans beaucoup de pouvoir, mais elle lui donna tout de même une enveloppe dans l'espoir qu'il ferait son possible pour aider son frère. Puis elle lui conta par le menu ce qui s'était passé, ce qu'il avait fait au Nord, qu'il avait failli y laisser sa peau, qu'il avait dû passer au Sud, qu'il avait été cuisiné par la police de Dægu parce qu'il s'était fait prendre à rôder autour d'un camp de prisonniers… Elle le supplia de tout faire pour lui obtenir une entrevue avec son frère.

Elle n'était pas autorisée à se rendre de l'autre côté du Han, le fleuve qui traverse Séoul. Elle laissa passer un jour, puis un deuxième, et le troisième, elle prit la décision d'aller voir son frère en empruntant le laissez-passer d'une cousine qui travaillait au centre-ville. Elle aurait dû se faire accompagner de sa belle-sœur, mais elle ne lui faisait pas vraiment confiance. Elle ne l'appelait « belle-sœur », d'ailleurs, qu'à contrecœur, pour la forme ; et elle trouvait désagréable d'être, en retour, appelée « petite sœur » par une tenancière de *dabang*. Elle prépara un peu de viande, l'enveloppa soigneusement et partit rendre visite à son frère.

Les locaux des services de renseignement étaient de vieux bâtiments de planches qui avaient naguère abrité la police militaire japonaise. À proximité de l'entrée se dressaient des panneaux d'information de couleur. Une partie des bâtisses était en tôle peinte d'un blanc immaculé. Tout autour, des parterres de fleurs agrémentés de grosses pierres décoratives peintes elles aussi en blanc. De la rue, on avait l'impression de se trouver devant un hôpital ou un foyer de jeunes, soigné et accueillant.

Mais dans les façades blanches, de solides barreaux de fer obturaient des fenêtres qui semblaient donner sur des lieux terriblement sombres. Après avoir contrôlé l'identité de Han Yongsuk, le soldat de garde à l'entrée lui montra la salle d'attente, dans la partie en bois du bâtiment. Le vieux plancher poussiéreux avait, par endroits, perdu des morceaux de lattes, ouvrant des crevasses où s'entassaient coquilles d'œuf et emballages de biscuits. Plusieurs femmes attendaient, muettes et solitaires, dissimulant mal la gêne qu'elles éprouvaient à se trouver là. Elles aussi avaient apporté de quoi manger. Yongsuk devait, d'abord, voir Min Sangho. L'heure du rendez-vous était déjà passée depuis une trentaine de minutes et il ne s'était toujours pas montré. Le seul accès à la salle était ce couloir par où elle était entrée, qu'un rideau fermait. Son arme appuyée au mur, un garde grignotait des gâteaux de riz. Une femme avec un bébé dans le dos vint se planter devant lui et protesta haut et fort :

« C'est à cause de ces fripouilles qu'on ne parviendra pas à se réunifier. Quand ils se sont choisi un bouc émissaire, ils l'amènent ici pour le torturer… »

Elle essuya ses larmes dans un pan de sa jupe. Tous les yeux s'étaient tournés vers elle. Yongsuk aspira une grande bouffée d'air pour endiguer la vague d'émotion qui lui serrait la gorge. La plainte de la femme monta d'un cran. Le soldat, agacé, reprit son arme :

« Arrêtez donc ! C'est à ceux qui sont haut placés qu'il faut aller dire ça ! Et puis votre mari, il a pas à se vanter de ce qu'il a fait, hein !

— Je sais bien qu'il a eu tort, il n'aurait pas dû donner de coup de pied à son chef. Mais si ça suffit pour qu'on soit accusé d'être communiste, où est-ce qu'on va ? »

Le garde la prit par le bras pour la mettre dehors, mais elle résistait, s'agitait en tous sens :

« C'est franchement dégueulasse ! On nous trahit ! À quoi ça sert d'être venus au Sud ? Quand on n'a pas le sou, on est juste bons à crever, hein ? »

Elle continuait de hurler tandis que le garde la traînait dans le couloir :

« C'est une honte de nous traiter comme ça… Quand on connaît personne… Quelle putain de vie ! »

Le silence revint. Certains mangeaient leur casse-croûte, la tête dans les épaules.

Tous les regards se tournèrent subitement vers l'entrée :

« Madame Han, téléphone pour vous ! » venait de crier l'employé qui tenait une petite boutique dans un coin. Yongsuk prit le combiné ; c'était la voix de Min Sangho :

« C'est moi. Il y a trop d'oreilles là-bas, viens plutôt ici. Donne mon nom, on te laissera passer. Tu sors de la salle d'attente, tu suis le chemin couvert de dalles de pierre, tu continues en montant.

— Tu ne peux pas venir avec mon frère ?

— Je peux pas te dire les choses au téléphone. Viens ici, je te raconterai. En arrivant en haut, tu tournes à gauche. Là tu trouves le baraquement G2. Devant, tu verras un petit bâtiment qui ressemble à un hangar : mon bureau est là. Presque tout le monde est sorti déjeuner.

— J'arrive, mais il faut absolument que tu amènes mon frère. »

Elle n'eut pas de réponse, la communication avait été coupée. Elle se dirigea vers le poste de surveillance protégé par du fil de fer barbelé entre la base militaire et les services de renseignement.

« Je dois voir monsieur Min Sangho. »

Le garde téléphona, puis la laissa passer. Elle suivit le chemin dallé entre les baraquements. De l'un d'eux lui parvinrent des voix d'hommes qui se querellaient. La fenêtre grillagée était obturée par un lourd rideau. Elle accéléra le pas. Min Sangho l'attendait à la porte. La bâtisse avait effectivement l'air d'un hangar. Ils entrèrent. Dans le bureau, des chaises, un lit en bois, un échiquier. De l'autre côté d'une vague cloison de planches, elle aperçut, par la porte entrebâillée, un gros homme en chemise et pantalon militaire en train d'avaler une soupe de nouilles. Pendus au dossier de sa chaise, sa veste ornée des insignes de sergent-chef et un casque.

« Ton frère ne peut pas venir. C'est pour te dire ce qu'il va falloir faire que je t'ai fait monter ici.

— Mais quel crime mon frère a-t-il commis ? »

Min, qui n'avait cessé de reluquer ce que la femme avait apporté à manger, finit par se servir sans attendre d'y être invité.

« Je ne sais pas au juste. On parle d'espionnage. »

La réponse fit à Yongsuk l'effet d'un coup sur la tête.

« Mais enfin, protesta-t-elle, il est venu pour sauver sa peau. S'il était partisan du Nord, il serait resté là-bas. Il s'est sûrement fait piéger… Lui, un espion ? C'est d'un grotesque ! Ça n'a pas de sens ! »

La bouche pleine, l'homme jetait des regards inquiets autour de lui. Il dit tout bas :

« Ils disent qu'il est venu pour organiser un réseau, ils ont des preuves en béton. »

Les yeux débordant de colère, la femme reprit son paquet :

« Ça, ce n'est pas pour toi ! Si je n'arrive pas à faire parvenir ces provisions à mon frère, ce sera pour mes enfants !

— Les gens du Nord savent très bien dissimuler ce qu'ils ont en tête, même à leurs parents ou à leurs enfants. Et toi, tu crois savoir ce qui se passe dans la caboche de ton frère ?

— Qu'est-ce que tu racontes ? Tu te crois encore à l'époque de la colonisation ! Les gens comme toi, ils s'en tirent toujours d'autant mieux que les temps sont plus difficiles. Vous êtes tous pareils, que vous soyez haut placés ou pas. »

Le ton montait et, parallèlement, l'inquiétude de Min. Il finit par lui tapoter l'épaule :

« Du calme ! On nous écoute, baisse un peu la voix… Si on s'y prend bien, je dois pouvoir arriver à le faire sortir. C'est juste une affaire de sous. »

Il avait joint le pouce et l'index en forme de rond.

« Dans ce dossier, il y a eu des interventions à un très haut niveau. Sans rien, on n'arrivera à rien. »

Le visage de la femme se durcit :

« Où est-ce que j'en trouverais, de l'argent ?… Tant pis, même si je perds mon frère, je saurai qui a machiné toute cette affaire, j'irai jusqu'au bout ! »

Min se fit plus menaçant :

« Ton frère et toi, vous vous êtes toujours ressemblé comme deux gouttes d'eau ! Des gauchistes, que vous étiez, toi comme lui, à l'époque !

— Tu ne connais vraiment rien à rien ! À tes yeux, on est vite communiste ! »

Il n'avait pas oublié que Yongsuk, en terminale, avait adhéré à l'association des étudiantes du *Chondo*. Sun-shim et deux autres étudiantes de son lycée avaient fait de même.

Créée par des étudiants qui rentraient du Japon, cette association s'était donné pour objectif de sensibiliser les lycéens à l'histoire de leur pays et à ses traditions, notamment religieuses. Mais ses animateurs avaient été arrêtés par la police japonaise et l'association, dissoute. Min, informé de ces choses par sa femme, s'était dit qu'il y avait là matière à chantage. Yongsuk céda à la colère :

« T'es qu'un sinistre crétin ! Je vois ce que Sunshim a dû souffrir avec un type comme toi ! Si ça, ça suffit pour que je sois communiste, ta femme l'est également, et toi aussi ! »

À court de réponse, Min esquissa un sourire foireux tandis que la sœur de Han serrait les dents pour ne pas se laisser emporter par la fureur qui bouillait en elle.

Du bâtiment d'en face lui parvint une voix que la rage tirait vers des tons suraigus :

« Admets donc ! Avec des preuves pareilles, comment est-ce qu'on peut nier ! »

La voix monta encore et se déchira en une vociféra-tion inhumaine :

« Lis donc, c'est ce que tu as écrit ! »

En même temps lui parvenaient les gémissements d'un homme qui semblait grelotter de froid, périodi-quement interrompus par des quintes de toux. Soudain, Yongsuk eut l'impression que la terre s'ouvrait sous elle : celui qu'elle entendait geindre et s'étrangler, c'était son frère !

Elle marcha des heures dans les rues, hagarde et sans but. Les gens se retournaient sur son passage, la prenant pour une folle. À qui, à quoi se raccrocher ? Elle n'avait pas de parents, aucune relation. Si Min Sangho était venu la voir, ce n'était pas pour l'aider, mais juste pour obtenir des informations sur son frère et lui soutirer de l'argent. Peut-être même était-il allé jusqu'à préparer le coup, allez savoir ; à tout le moins, il s'était entendu avec les comploteurs. Plus tard, elle apprendrait que Min s'était porté volontaire pour aller cueillir Han à Busan : comme il connaissait sa tête, cela avait facilité les choses… Comment ne pas perdre pied quand la guerre vous a déjà pris votre mari, que vous n'avez pas le moindre parent au Sud hormis ce frère… sur qui maintenant s'abat l'horreur ? Errant dans les rues, infiniment seule dans la foule, elle tremblait de peur. Si quelqu'un se précipitait sur elle pour l'assommer, personne ici, se disait-elle, absolument personne ne viendrait à son secours. Bien qu'il fît une chaleur à tremper une chemise de lin au bout de dix pas, elle grelottait.

Elle alla voir So Hakjun à l'hôpital militaire de Séoul. Touché par son malheur mais heureux de la voir, il la reçut très gentiment et lui apprit qu'il avait été appelé à témoigner dans cette affaire quelques jours plus tôt.

« Ils m'ont interrogé sur la soirée des anciens élèves, ils voulaient savoir quel était le but de cette réunion, ils m'ont demandé le nom des participants, et si votre frère avait bien bénéficié d'un régime de faveur quand il était au Nord. Ils m'ont posé un tas de questions… »

Mais les sbires n'avaient pas inquiété davantage So Hakjun, pour la raison qu'il travaillait maintenant dans un hôpital militaire.

« De tout cela, je tire la conclusion qu'on a comploté contre lui. Il n'est d'ailleurs pas le seul à être accusé. Avec lui, il y a Go, Jo et Jon. Mais votre frère est considéré comme le chef du réseau, les autres comme de simples complices. Je suis à peu près certain que s'ils les ont coffrés, c'est dans le but de conforter les accusations portées contre lui. »

Dans ces conditions, songeait Yongsuk, il n'y avait aucun espoir de voir les renseignements confier son frère à la justice… Peu après, elle apprit que le médecin généraliste Jon Songhak avait été relâché. Elle voulait connaître la vérité à tout prix, découvrir ceux qui avaient comploté contre son frère, les traîner en justice, eux et jusqu'aux responsables des services de renseignement. Elle songeait à liquider sa boutique pour mieux s'occuper de cette affaire – mais il y avait les enfants… Elle se souvint de la maxime qui dit que volonté de femme en colère peut faire geler en plein mois de juin. On avait beau être dans une période trouble, n'était-on pas dans un pays de droit régi par des lois ? Si elle se battait pour faire libérer son frère, oui, elle parviendrait à ses fins. Sa détermination était inébranlable. Afin de préparer un bon dossier qu'elle mettrait entre les mains d'un avocat, elle commença à consigner par écrit tout ce qu'elle apprenait.

Sa première démarche fut de se rendre au cabinet de Jon. Sa femme était en train d'appliquer des serviettes chaudes sur son visage tuméfié. Voir arriver la sœur de Han ne sembla pas lui faire particulièrement plaisir. Celle-ci posa des questions sur son frère.

« Je l'ai vu juste une fois, lorsque les accusés ont été confrontés. Il avait les yeux chassieux, les lèvres en sang, éclatées, c'était horrible. »

Ses tortionnaires lui avaient demandé pourquoi il était passé seul au Sud où il s'était, lui aussi, remis en ménage.

« Ils veulent savoir ce qu'on faisait à l'hôpital Jeil.

— Ils vous ont battu ?

— Non… pas du tout », répondit-il d'un ton énergique et sans appel.

Sa femme intervint :

« Mon mari est trop fatigué pour vous recevoir plus longtemps. S'il vous plaît, laissez-le maintenant. »

Yongsuk insista cependant, si bien que, de la bouche de madame Jon, elle apprit deux faits nouveaux : premièrement, que son mari avait donné plusieurs milliers de wons au directeur des renseignements et qu'elle s'était personnellement rendue plusieurs fois chez son adjoint avec des cadeaux qui se montaient à plusieurs dizaines de milliers de wons ; et deuxièmement, qu'elle avait aperçu le dentiste Li, venu apporter son témoignage. D'après elle, ce Li Piljun fréquentait quelqu'un qui semblait travailler pour les renseignements. La description correspondait assez bien à Min Sangho.

Plus tard, Yongsuk apprit que Min était passé à trois reprises chez sa cousine pour empocher, chaque fois, plusieurs dizaines de milliers de wons. Il lui avait annoncé que Han avait craqué, qu'il avait tout avoué. Non sans ajouter :

« Pourtant, aujourd'hui, avec de l'argent, on peut tout faire. On peut même échapper à une condamnation à mort. Il y en a plus d'un qu'on a vus arriver avec une affaire sur les bras comme celle de Han, et qui s'en sortent très bien. Celui qui a du fric ou des relations, il s'en tire. Celui qui n'en a pas, il morfle. »

Jo Hangyong, à l'hôpital Songshim, la vit pareillement venir à lui sans plaisir. Lui, il devait sa libération à un membre du parti libéral qui était intervenu en sa faveur. La sœur de Han flaira que le complot avait été monté par Bak, qui avait une revanche à prendre après la fameuse soirée des anciens élèves. À cause, aussi, de l'affaire de la patente. Jo ne voulut rien dire de la façon dont il avait été traité, sinon qu'il avait été libéré, à son grand étonnement, sur un simple appel téléphonique.

« Ils m'ont relâché tout de suite après le coup de téléphone. Si on en juge à leur façon de travailler, l'instruction n'a pas dû être faite avec beaucoup de sérieux.

— Ils vous ont demandé ce que vous faisiez à l'hôpital Jeil ? »

Jo semblait se méfier :

« J'y suis allé une seule fois parce que c'était le premier anniversaire de l'ouverture de l'hôpital et que le docteur Go nous avait invités, voilà tout.

— Est-ce que vous avez parlé de choses compromettantes ? »

Ils avaient parlé de la ligne de démarcation sur le 38ᵉ parallèle, des Américains qui souhaitaient un cessez-le-feu…

La sœur de Han demanda s'il n'y avait pas, parmi les invités, un certain Li Piljun, dentiste, de Pyongyang. Bien sûr, il était de la partie.

Quelques jours plus tard, elle reçut la visite de So Hakjun et Go Dongsu venus lui dire que l'affaire venait d'être renvoyée en correctionnelle et que Han était maintenant détenu à la prison de Sodæmun*. Le procureur n'était autre que le directeur des services de renseignement, qui avait à son actif l'inculpation de quantité d'innocents. On ne pouvait envisager une libération qu'au prix d'infinies et épuisantes procédures.

---

* À Séoul, quartier de la porte de l'Ouest.

Le docteur Go craignait que Han ne dût en passer par là :

« Ce procureur a partie liée avec l'armée, c'est une marionnette entre les mains du pouvoir, comment lui faire confiance ?

— Engageons un avocat qui sache bien comment il fonctionne », repartit So Hakjun.

Go montra sur ses jambes les cicatrices laissées par les tortures qu'il avait subies. Il fit voir trois petites marques sous les ongles de sa main :

« Les cicatrices se voient à peine, mais la douleur est insupportable. J'aurais préféré cent fois qu'on me passe par les armes… »

Yongsuk laissa échapper un « Mon Dieu ! » effaré en imaginant les souffrances que son frère devait endurer.

« Pour dire la vérité, reprit le docteur Go, je leur ai graissé la patte. Ils m'ont carrément demandé de l'argent. J'en ai donné pour garder le contact et pour que les choses se passent aussi bien que possible. »

Une fois, pendant sa détention, Go avait rencontré Han Yongdok…

… Un épais rideau obturait la fenêtre, une lampe au plafond répandait dans la pièce une clarté falote. Comme il avait marché dehors dans la lumière d'un soleil éclatant, il ne vit tout d'abord, en entrant, que du noir. Mais il entendait quelqu'un geindre. Quand ses yeux se furent adaptés à la pénombre ambiante, il découvrit un homme attaché sur une chaise de fer. En face de lui, assis à son bureau, ventru, le chef vociférait :

« Tu as tout admis, et voilà que, tout d'un coup, tu refuses de signer ta déposition ! À quoi ça rime ?... Allez, vas-y, mouline ! »

Un jeune homme en civil, sans doute un agent du service, se mit à tourner la manivelle d'un de ces générateurs de campagne qui servent à produire de l'électricité pour les transmissions. Le fil aboutissait à l'un des pouces de l'homme dont les mains étaient attachées au dossier de la chaise. Plus la vitesse augmentait, plus la tension du courant montait. Le supplicié faisait entendre de faibles gémissements.

Le docteur Go fut invité à prendre place devant le bureau à droite du prisonnier. Ce n'est qu'à ce moment qu'il reconnut, juste à côté de lui, Han Yongdok. Tête baissée, celui-ci était tout près de perdre connaissance. Un agent qui se tenait à proximité, l'attrapant par les cheveux, lui redressa la tête pour que Go puisse bien le reconnaître. Les muscles faciaux étaient agités de légers soubresauts. Han finit par ouvrir les yeux. L'un des agents proposa :

« Vaudrait mieux le laisser tranquille un moment.

— Mais non ! Il suffit juste qu'on le laisse en vie. Ce fumier, il est pas comme les autres. J'en ai jamais vu comme lui !... Hé ! Ouvre l'œil, regarde-moi. Celui-là, ça te dit quelque chose ? Hé ! Je te dis d'ouvrir l'œil ! Pourquoi tu les fermes ? Tu le connais, celui-là ? »

Han fixa Go, l'air absent. Ses yeux disaient qu'il n'avait pas dormi depuis des lustres. Il avait le visage couvert d'ecchymoses. Sa tête oscillait imperceptiblement.

« Je répète ma question : qu'est-ce que vous faisiez, vous tous, à l'hôpital Jeil, le 23 avril 1953 ?

— C'était l'anniversaire de l'ouverture de… »

Il n'eut pas le temps de terminer : le poing du chef lui avait écrasé le nez.

« Voilà que tu dis autre chose ! Tu veux qu'on recommence depuis le début ?

— Tu veux boire par le nez ? Une soupe bien épicée, ça te dirait ? » renchérit le tortionnaire.

Ne pouvant supporter le spectacle, Go s'entremit :

« Je vais répondre à sa place. Je n'ai pas l'impression qu'il puisse dire quoi que ce soit. Si je réponds et qu'il acquiesce, ça ira ?

— Bon, essayons.

— C'est vrai, c'était l'anniversaire de l'ouverture de l'hôpital. On a bu un verre, ceux qui étaient pressés sont partis, les autres sont restés un peu. Han a dit que le 38ᵉ parallèle, c'était la conséquence du bras de fer entre les grandes puissances. J'étais d'accord avec lui. J'ai ajouté que, comme le gouvernement n'était pas encore formé, c'est les militaires qui administraient le pays, mais en sacrifiant le peuple. Comme vous le savez, nous avons dû partir, abandonner nos familles…

— Je sais. Justement, c'est ce qui n'est pas clair. Tu veux que je te dise ce qu'il y a dans le dossier d'instruction là-dessus ?… C'est ce que vous avez dit, écoute : *Est-ce que, le 23 avril 1953, vous avez eu une réunion clandestine à l'hôpital Jeil au cours de laquelle vous avez critiqué la politique gouvernementale et l'intervention des pays alliés, notamment des États-Unis ?*

– *Oui, je l'admets*. D'après notre enquête, vous avez tenu des réunions clandestines régulièrement. Han donnait son opinion. Et toi et les autres, vous étiez d'accord avec lui. Vrai ou faux ? »

Le chef, en disant ces derniers mots, porta sur le docteur Go un regard féroce. Celui-ci était persuadé que le tortionnaire allait bondir et l'écrabouiller sur le sol en ciment. Il se souvint de son premier jour d'interrogatoire : pour protester contre l'accusation qu'on portait contre lui, il avait impulsivement tapé du poing sur le bureau, ce qui lui avait aussitôt valu une volée de coups de pied des quatre agents qui se trouvaient là.

Il avala sa salive et répondit :

« Oui… c'est vrai.

—Et toi, tu reprends tes esprits ? »

Han avait ouvert les yeux. Il portait sur le flic un regard aussi fixe que vide.

« Alors, tu es prêt à la signer, maintenant, cette déposition ?

—Ce n'est pas ce que j'ai dit.

—Fumier ! On a écrit ce que tu as dit !

—Je suis un réfugié, un point c'est tout », dit Han en hochant la tête. Il faisait de gros efforts pour rester lucide.

« Bon, on veut bien te croire quand tu dis que tu n'as vu personne à Busan. Mais tu as écouté la radio du Nord et critiqué le gouvernement du Sud, tu l'as admis, vrai ?

—Je suis venu au Sud pour sauver ma peau, un point c'est tout.

— Maintenant, ce fumier, il répond à côté… »

Le chef se leva d'un bond, sortit son revolver de son gilet et, le doigt sur la détente, appliqua le canon contre la tempe de Han :

« … T'as pas compris que je peux te liquider ? Si tu continues à te foutre de notre gueule, je peux te faire disparaître sans que personne en sache rien. »

En faisant tourner le barillet, il hurla :

« Je t'achève ! T'es un espion ! Si tu crèves, tu crois que quelqu'un lèvera le petit doigt pour toi ? Attention, je tire !

— Je suis un réfugié, rien d'autre… »

De la crosse de son arme, le flic lui assena un violent coup au visage. Han se retrouva par terre, sa chaise renversée. Hystérique, la brute remit la chaise d'aplomb, releva l'homme et lui lança, dans la foulée, un méchant coup de genou dans le ventre. Avec un grognement atroce, Han se plia en deux et perdit connaissance.

« Fils de chienne ! Si tu ne signes pas avant que je cède la place à mon collègue, je te tue et je te bouffe ! »

Un des agents redressa Han en le tirant par les cheveux et ricana :

« Quelle mauviette tu fais, toi ! »

Ils intervenaient à tour de rôle, tels des joueurs renchérissant sur le parieur précédent. Ils n'avaient pas la moindre information pour confondre leur suspect. En dehors du fait qu'il était professeur de médecine au Nord et qu'il était passé seul au Sud, ils ne savaient rien de plus que ce que contenait la lettre de dénonciation. Ils se relayaient, arrivant sans horaire précis. Parfois ils réveillaient Han dès l'aube, parfois ils ne venaient le chercher qu'en début de soirée. Lorsqu'ils se mirent en tête de rédiger leur déposition, trois jours de suite ils l'empêchèrent de fermer l'œil. Trois lampes puissantes étaient braquées sur lui et ils étaient trois, campés derrière dans le noir, à le mitrailler de questions. Quand la réponse tardait un peu, un coup de matraque lui fracassait les genoux. À bout de forces, il pleurait malgré lui et bavait. Quand il baissait la tête et commençait à somnoler, ils lui injectaient par le nez de l'eau mélangée à de la poudre de piment. Ses journées, interminables, étaient devenues un enfer. Il n'était plus ni professeur, ni réfugié, rien d'autre qu'un simple morceau de chair et d'os offert à la cruauté d'une époque en folie.

Le docteur Go fut recraché dans une rue entre chien et loup, cette heure où les arbres sur les trottoirs prennent des airs de géants noirs. Perdu, se dirigeant vers les endroits éclairés, il erra au milieu d'un marché de nuit. Chaque fois qu'il se cognait contre un passant, il changeait de direction. Il finit par se rendre compte qu'il passait pour la troisième fois au même endroit. La marchande à qui il demanda où il se trouvait lui répondit :

« Vous ne connaissez donc pas le marché de Namdæmun* ? »

* Marché de la porte du Sud, au centre de Séoul.

Yongsuk s'inquiéta de Yun Mikyong. Elle la soup-
çonnait d'être manipulée par ceux qui avaient
comploté contre son frère. Elle ne pouvait pourtant
pas la tenir à distance indéfiniment car, enceinte de
sept mois des œuvres de son frère, elle gardait seule la
maison. Elle se sentait coupable de la froideur dont
elle avait fait preuve à son égard jusque-là. Elle la
trouva alitée, très affaiblie. Jinyong, son fils qui venait
d'avoir sept ans, rentrait de la pharmacie où il était allé,
seul, chercher des médicaments. La scène émut Yongsuk et aviva ses remords. L'enfant, bien qu'il n'eût pas
de lien de parenté avec elle, l'accueillit en l'appelant
« ma tante ». Dans la chambre s'attardait une odeur de
cigarette. Trouvant cela bizarre, elle demanda des explications.

« Kim Jongshik, le pharmacien, est passé », répondit
Yun Mikyong.

La chose déplaisait à la visiteuse. Pourquoi un
homme entrerait-il chez une femme seule… quelqu'un
qui, de plus, était l'un des auteurs de la lettre de dénonciation ?

« Qu'est-ce qu'il est venu faire ?

— Il m'a dit de passer voir Li, le dentiste.

— Pourquoi donc ?

— Il paraît que quelqu'un qui partageait la cellule de
mon mari vient d'être relâché. Demain, si je vais voir
Li, je pourrai avoir de ses nouvelles. Et puis, je deman-
derai comment je peux obtenir une entrevue.

— Je vous croyais mieux informée : vous devriez
avoir compris que c'est Bak, Kim et Li qui ont
comploté contre mon frère ! »

Yongsuk lui expliqua par le menu ce qui s'était réellement passé. Découvrant une vérité qu'il lui était arrivé parfois de soupçonner, Yun Mikyong fondit en larmes. Yongsuk demanda à sa belle-sœur ce qu'elle savait. Celle-ci se rendait bien compte, maintenant, qu'elle aussi avait été la cible de leur complot. Kim ne venait-il pas lui chanter trois fois par jour qu'elle était manipulée par celui qu'elle avait épousé ? Elle avait fini par croire ce que lui rabâchait l'ex-associé de son mari, au point de se sentir coupable d'être enceinte de lui. Kim et Bak ne cessaient de lui répéter que son époux était suspect, qu'il était partisan du Nord, qu'ils avaient des preuves… Et surtout, Bak avait affirmé que si son mari avouait tout, il serait pardonné, qu'elle devait en faire un homme correct — ne parlait-il pas souvent de ce qui s'était passé au Nord, ne chantait-il pas quelquefois des chants du Nord ? —, que si elle cachait des choses, elle aussi irait en prison en tant que complice d'un espion.

Ces menaces sans cesse répétées avaient fini par la convaincre et la terroriser. Loin d'imaginer qu'elle était manipulée par eux, elle leur racontait tout ce qui lui passait par la tête.

« Un jour, mon mari est rentré soûl. Il balbutiait qu'il voulait retourner dans son pays natal, qu'il aurait dû rester auprès des siens même si c'était au risque d'y laisser sa peau… J'étais professeur de médecine, qu'il disait, alors qu'aujourd'hui, je couvre des avortements que pratiquent des escrocs sans diplôme, sans licence. Fallait pas devenir médecin si la médecine devait aboutir à ça… — je leur ai rapporté ce genre de choses… Une fois, en se réveillant, il a chanté *les Saules de Neungla** – ça aussi, je le leur ai dit. Vous voyez…

— Aujourd'hui, quand il est venu, Kim n'a rien dit de nouveau ?

— Il m'a dit que si je ne veux pas avorter, il vaut mieux que je mette l'enfant à l'orphelinat et que je refasse ma vie. Parce qu'il est à peu près certain que mon mari sera condamné pour espionnage. Il va en prendre pour quinze ans. Grande sœur, je n'ai pas de chance, j'aurais voulu ne servir qu'un seul époux, mais mon destin ne me l'a pas permis. Je n'ai aucune envie de me marier une troisième fois. Et quand je pense à ce que je leur ai dit, que ça sera utilisé contre lui, je n'ai plus qu'une envie, c'est de mourir tout de suite. »

Les regrets de Yun Mikyong étaient d'une totale sincérité. Sa belle-sœur en conclut qu'elle avait affaire à une naïve, certainement pas à une intrigante. Elle répondit :

« Pourquoi ne m'avez-vous jamais parlé de tout cela ? Nous allons porter plainte contre eux, les dénoncer pour avoir harcelé des innocents. Vous n'aurez qu'à dire simplement la vérité. Comme vous n'êtes pas très bien, restez ici, reposez-vous : demain j'irai chez Li à votre place, je veux savoir ce qui se manigance là-bas. »

Sur le chemin du retour, Yongsuk se dit que les comploteurs ne devaient pas être très rassurés. Ils craignaient sans doute quelque retour de bâton. Ils avaient escompté que Han en baverait un peu entre les mains des renseignements mais qu'il serait vite relâché. Ils

---

* Neungla est une île au milieu du Dædong à Pyongyang.

n'avaient pas prévu que les choses prendraient une telle tournure. L'affaire venait d'être confiée à la justice : ils devaient s'inquiéter de savoir quelle serait la ligne de défense de l'accusé… Quand elle arriva chez elle, elle trouva un message de So Hakjun qui la priait de le rejoindre chez un avocat pour une consultation.

L'avocat, après avoir examiné le dossier, se montra circonspect. Il hocha la tête en caressant son menton pointu :

« Vous savez, par les temps qui courent, des affaires comme celles-ci, il y en a tant et plus ! Une bonne moitié des cas que je traite concerne des gens du Nord. »

So Hakjun demanda :

« Mais comment voyez-vous l'issue ? À votre avis, quelles sont nos chances ?

— Difficile à dire. En général, quand il y a aussi peu de preuves, l'issue est un non-lieu. Mais le risque, c'est que le cas soit présenté comme une affaire qui touche à la sûreté de l'État. Inutile, dans ce cas, d'espérer un non-lieu. Le juge d'instruction a toute latitude pour reporter l'audience et maintenir l'accusé sous contrôle judiciaire. Il sera toujours sous surveillance policière et appelé à tout moment par le magistrat quand il aura besoin de lui pour son enquête. »

Yongsuk n'avait que faire de tant de tiédeur :

« Maître, je veux intenter un procès à ceux qui l'ont accusé contre toute évidence et aussi attaquer les renseignements.

— J'ai regardé vos notes avec beaucoup d'attention. Elles sont très utiles et éclairantes. Mais nous n'avons en main que des présomptions, rien de concret. Et la

position des dénonciateurs de votre frère n'est pas symé-
trique de la sienne : donner des informations à l'État,
ce peut être un acte de patriotisme. Et puis, il vous faut
des preuves incontestables pour les poursuivre, par
exemple un aveu par lequel ils reconnaîtraient avoir
dénoncé Han à la légère, ou une copie de leur lettre
de dénonciation. Il faudrait que la police obtienne des
pièces de ce genre pour que je puisse plaider son inno-
cence. De toute façon, la police n'a pas le droit de se
mêler des affaires d'espionnage. Elles sont du ressort
exclusif des renseignements. Et puis, lorsqu'il leur
arrive de mettre en cause des innocents, on tolère très
bien ce genre d'erreur. Il leur suffit de dire que l'affaire touche à la sécurité et qu'ils sont en possession
d'informations provenant de sources sûres.

— Dans ce cas, que peuvent bien faire ceux qui sont
accusés à tort ? Comment peut-on prétendre vivre en
démocratie dans un pays où des innocents se font tabas-
ser par des barbouzes comme cette pauvre Chunhyang*
par le gouverneur de la province ?

— Madame, ce n'est peut-être pas, de la part de
l'avocat de votre frère, la meilleure chose à dire,
mais pendant cette guerre, des centaines de milliers
d'hommes ont été tués ou blessés. D'où les limites à
notre liberté. La situation est la même de part et

* Héroïne légendaire de la fidélité conjugale, battue et emprisonnée
à Namwon par le gouverneur de la province, auquel elle se refuse.
De très nombreuses versions littéraires de ce drame existent, notamment pour la scène sous la forme de *pansori*, sorte d'opéra populaire
interprété par un acteur unique. La version de référence a été traduite
en français sous le titre *le Chant de la fidèle Chunhyang*, Zulma, 2008
(nouvelle édition).

d'autre du 38ᵉ parallèle. C'est le lot de ceux qui ont eu la chance de survivre à la guerre. Quant à moi, j'ai l'intime conviction que cette affaire n'avait pas de raison d'être transférée au parquet. Ce que je dois vous dire, c'est que des cas comme celui-ci, il y en a une telle quantité que le procès ne peut que traîner en longueur. Certes le juge d'instruction ne peut pas garder un prévenu plus de dix jours en détention s'il n'est pas en mesure de produire des preuves fondées. Avec une demande d'ajournement, il a le droit de porter la durée de la détention à vingt jours… Je vous parle, bien sûr, des principes… car si, encore une fois, l'affaire touche à la sûreté de l'État et qu'elle est sérieuse, la confusion est telle aujourd'hui qu'il peut faire ce qu'il veut. Rien qu'à voir ce qui arrive à votre frère, on devine la façon dont les choses se passent. Le juge peut demander une prolongation de la période d'instruction, ce qui permet de maintenir l'accusé en détention, il peut même le priver de ses droits civiques. De tels cas, j'en ai déjà vu. Les magistrats, aujourd'hui, s'inclinent devant les ordres venus d'en haut ou des services spéciaux. Quand les ordres viennent d'en haut, il y a toujours des procureurs pour prononcer des réquisitoires contre des prévenus dont ils savent pertinemment qu'ils sont innocents. »

Yongsuk pleurait en silence. So, qui avait écouté l'avocat sans rien dire, intervint pour tenter de la consoler :

« À quoi cela servirait de les traîner en justice pour diffamation si ça n'aboutit à rien ? Notre but, c'est de faire libérer Han, et, une fois libéré, de l'aider à se refaire une santé. Le reste, on essaiera de ne plus trop y penser en se disant que c'était la fatalité. Mais on restera vigilants. »

La sœur de Han pleurait toujours. Les deux hommes détournèrent leur regard. Aussi mal à l'aise l'un que l'autre, ils n'avaient qu'une envie : mettre fin à cet entretien. La femme releva la tête :

« Je me sentais si affreusement seule la nuit dernière que j'ai réveillé mon aînée. Elle m'a regardée avec des yeux tout ronds, m'a demandé si elle avait fait une bêtise. Je lui ai dit que non, que les enfants ne faisaient rien de mal, mais que nous, les adultes, nous ne méritions pas de vivre. Je lui ai dit qu'il fallait qu'elle devienne quelqu'un de réfléchi ; que lorsque le pays se trouvait dans une situation pareille, il fallait en tirer les leçons, et que, bien plus tard, quand le monde aurait changé, elle parlerait d'aujourd'hui comme d'un mauvais souvenir. Elle ne comprenait pas, alors je lui ai raconté tout ce qui est arrivé à mon frère. »

Yongsuk se rendit chez le dentiste Li, mais il n'était pas là. Sa femme, qui attendait la visite de Yun Mikyong, fut surprise de la voir arriver :

« C'est madame Yun que j'attendais… Vous venez à sa place ?

— Oui, comme elle est presque au terme de sa grossesse, il m'a semblé qu'il n'était pas bien prudent de la laisser se déplacer… Elle m'a dit qu'elle devait rencontrer quelqu'un ici.

— Comment… ?

— Quelqu'un qui a été emprisonné lui aussi.

— Ah oui ! c'est vrai, où avais-je la tête ? D'ailleurs,

je l'attendais… Ce vaurien de Min Sangho n'arrête pas de venir nous soutirer de l'argent, on en a assez ! »

Yongsuk en déduisit que les renseignements avaient peut-être bien changé de cible.

« Comment ça ? Monsieur Li a fait quelque chose ?

— C'est que… il était à l'hôpital Jeil, lui aussi, ce fameux soir. Min Sangho le fait chanter, il le menace de l'inclure dans la bande à monsieur Han. Mon mari essaie d'arranger les choses. »

Il est pris à son propre piège, se dit Yongsuk. Il doit s'inquiéter de savoir comment se tirer de ce mauvais pas. Si jamais les renseignements l'accusent d'avoir porté un faux témoignage, il aura bien du mal à s'en sortir…

« En ce qui nous concerne, repartit Yongsuk, ne vous en faites pas : nous allons retourner la situation en déposant une plainte contre les dénonciateurs. »

Elle avait dit cela dans l'intention délibérée de lui faire peur. Puis elle renchérit :

« Nous avons engagé un avocat. »

La femme de Li Piljun objecta :

« C'est peine perdue, vous ne faites que gaspiller votre argent. Un avocat, ça ne servira à rien. C'est du juge qu'il faut s'occuper si vous voulez être efficace.

— Ah bon ?

— C'est le juge qui décide de la peine, c'est lui qu'il faut voir.

— Non, ce n'est pas ce que nous pensons faire. Nous allons faire relâcher mon frère avant le procès. Et ensuite, c'est nous qui serons maîtres du jeu et entamerons des poursuites. »

La bonne vint annoncer une visite. Un jeune homme vêtu d'un uniforme américain teint en noir entra. Il jeta un rapide coup d'œil sur cette femme qu'il ne connaissait pas. Madame Li expliqua :

« Il était à la prison de Sodæmun avec votre frère. Il peut lui faire passer un message par les gardiens. Profitez-en. Toute information est bonne à prendre pour le procès, n'est-ce pas ?… C'est la sœur de monsieur Han. »

Le jeune homme s'inclina. Il avait les cheveux courts et les joues pleines. Un solide gaillard d'à peine vingt ans. Yongsuk lui demanda :

« Mon frère ne vous a rien dit ?

— Si, qu'il faut que vous le vengiez, que vous révéliez l'identité de ceux qui l'ont accusé. »

Elle comprit aussitôt que le jeune homme mentait : son frère n'était pas du genre à parler de vengeance. De plus, il ne connaissait vraisemblablement pas la cause de son malheur. Pour être aussi bien au courant de l'affaire, ce jeune homme devait être de « leur » côté.

« Pourrais-je savoir ce qui vous a valu d'aller en prison ?

— J'ai déserté. »

Elle se dit que, pour quelqu'un qui venait de passer six mois en prison, il avait plutôt bonne mine avec son visage buriné par le soleil. La femme de Li Piljun reprit :

« On avait l'intention d'aller voir monsieur Han après avoir consulté sa femme. On pourrait y aller demain avec ce monsieur, qu'est-ce que vous en pensez ? »

Yongsuk répondit de façon évasive :

« Comme vous voudrez. On reparlera de tout ça demain en détail. Je vous retrouve donc vers deux heures devant la prison. »

À cette époque, la guerre s'était arrêtée. Pas tout à fait à vrai dire : il en était plutôt comme de la rivière quand elle gèle en surface tout d'un coup. Les querelles politiques, mais aussi les espoirs que chacun nourrissait, étaient pris dans la glace, condamnés à hiberner en attendant la saison nouvelle. L'oubli venait y ajouter une couche chaque jour plus épaisse…

Le lendemain matin, Yongsuk alla, toute seule, rendre visite à son frère. Elle avait compris la ruse des autres au moment où elle avait déposé sa demande d'autorisation de visite. Le règlement accordait cette « faveur » à l'épouse et à nulle autre. Leur intention avait été de solliciter une autorisation pour Yun Mikyong, rendant impossible ensuite la visite de Yongsuk. Ils ne manqueraient pas, du même coup, d'utiliser la naïveté de Yun Mikyong pour fabriquer de nouvelles preuves à charge. Le jeune homme qui s'était fait passer pour un ancien détenu appartenait sans nul doute aux renseignements. Ayant flairé la combine et prenant les devants, Yongsuk déposa donc sa demande sous le nom de sa belle-sœur restée au Nord, et empêchant de la sorte toute autre visite.

La pièce était faite de quatre murs de béton nu. Au milieu, deux bancs séparés par un bureau. Un gardien entra d'abord, suivi de Han Yongdok, en pyjama de prisonnier, voûté et chancelant. Il était réduit à l'état de squelette. On aurait dit un de ces poissons transparents dont on voit les organes à travers leur mince épaisseur, frêles, fragiles, incolores. Tous deux furent si émus qu'ils ne surent d'abord quoi dire. C'est elle qui parla la première :

« Ne te fais pas de soucis, on est en bonne voie. Raconte à ton avocat tout ce qui s'est passé au Nord, avec tous les détails.

— Li Piljun est allé voir les gens des renseignements pour essayer de me faire sortir. Va le remercier. »

Malgré le terrible coup de vieux qu'il avait pris, son visage exprimait toujours la même bonté.

« Mon cher frère, mets-toi bien dans la tête qu'au Sud, il n'y a que deux personnes en qui tu puisses avoir confiance : ta sœur et le docteur So. Ne te fie à personne d'autre.

— Je ferai comme tu dis.

— On tient enfin le cessez-le-feu, les discussions ont abouti hier. »

À cette nouvelle, il resta songeur un long moment, tapotant son arcade sourcilière de l'extrémité de l'index.

« … Finalement… »

Le terme de l'entrevue approchait déjà. Elle avait gardé le plus important pour la fin : ses accusateurs avaient fait savoir à son frère, dans le but de l'effrayer, que lorsque, au tribunal, on revenait sur les déclarations qu'on avait faites devant les commissaires de la Sûreté, l'accusé était rendu aux renseignements pour qu'ils reprennent tout à zéro ; elle voulait lui dire que c'était faux, mais le surveillant notait tout et il ne fallait pas que cela tombe dans ses minutes. Lorsque ce dernier se fut levé pour aller ouvrir la porte, elle dit dans le dos de son frère qui déjà se dirigeait vers la sortie :

« Tu sais, une fois que tu seras au tribunal, on ne peut plus te renvoyer aux renseignements. Continue de nier tout ce dont on t'accuse, jusqu'au bout. »

Il avait les yeux rouges, ses paupières étaient agitées d'un tremblement continuel. Il hocha la tête en signe d'assentiment.

Elle entreprit d'écrire une pétition qu'elle adresserait au tribunal, mais personne ne voulut signer. Les amis de son frère ne voulaient pas s'en mêler. S'il s'était agi d'autre chose, pourquoi pas, mais là… Elle ne parvint à recueillir que deux signatures en plus de la sienne, celles de So Hakjun et de Go Dongsu. La pétition fut enterrée. Quant au procès, il fut reporté à plusieurs reprises. Ce n'est qu'au bout de quatre mois que Han fut enfin jugé : faute de preuves suffisantes, l'affaire aboutit à un non-lieu. Mais un autre procès l'attendait, que lui avait valu l'ablation de l'utérus. Les flics des renseignements, capables de tous les chantages, avaient probablement menacé les accusateurs de Han de révéler leur nom dans le but de se faire payer très cher leur silence. Bak et ses complices n'avaient d'autre choix que d'aller jusqu'au bout : ils traînèrent Han en justice et lui mirent sur le dos la responsabilité de ce malheureux incident. C'était une aubaine pour le procureur à qui il insupportait de voir un client échapper à la condamnation qu'il tenait en réserve pour lui, et il fallut donc ouvrir une nouvelle enquête sur l'activité professionnelle de Han. Pour ce qui était de cette affaire, So

Hakjun et même Yongsuk étaient persuadés qu'il avait réellement commis une faute. Quant à Han lui-même, il ne se sentait pas la force de se défendre contre l'acharnement de ses sinistres accusateurs. À cela s'ajoutait que, en son for intérieur, il se sentait largement responsable de ce qui s'était passé. Et surtout, il était assailli de doutes sur l'exercice de la médecine, qui avait si peu à voir avec le sacerdoce dont il avait rêvé.

Le verdict tomba. Il fut condamné à un an de prison et trois ans d'interdiction d'exercice de la médecine pour avoir, au cours d'un avortement, procédé à l'ablation d'un utérus sans l'autorisation de la patiente. Les lois régissant la déontologie médicale avaient été appliquées, mais le procès fut, avant tout, une affaire politique. En quittant le palais de justice, Yongsuk croisa les quatre larrons, Min, Bak, Kim et Li, qui sortaient ensemble. De rage, elle devint pâle comme un linge :

« Si c'était à mon mari que vous aviez fait ça – je sais bien que ce que je dis n'est pas gentil pour mon frère –, je vous aurais déjà égorgés, tous autant que vous êtes ! »

La prenant par l'épaule, Min, avec un sourire sardonique, répliqua :

« Allez, du calme ! Sinon tu vas te faire accuser d'incitation au meurtre !

— Je vous écrabouillerais et réduirais vos os en miettes et j'irais les jeter dans le Han… Non ! J'aurais encore des regrets : je retournerais au pays, et c'est dans le Dædong que je les jetterais ! »

Les larmes ruisselaient sur ses joues.

Han Hyeja naquit de l'union d'un médecin alcoolique et de la veuve d'un policier déporté au Nord pendant la guerre. À sa majorité, elle se choisit le surnom de *Kætong*, c'est-à-dire « Melon de crotte », du nom de ces melons vivaces qui poussent tout seuls au bord des chemins entre les mauvaises herbes et les crottes de chien.

Les enfants comme elle étaient bien incapables de se représenter la tragédie à laquelle avaient survécu leurs parents, qui avaient connu la séparation, puis résignés, avaient tenté tant bien que mal de refaire leur vie.

Hyeja ne savait pas grand-chose de son père, si ce n'est qu'il avait mal aux reins et qu'il buvait parfois plus que de raison. Elle n'avait jamais connu la famille de ses parents : de part et d'autre, la lignée du sang s'arrêtait à ses père et mère. Avec Jinyong, son demi-frère, elle s'entendait très bien. Jinyong, quant à lui, n'aimait pas son beau-père. Dans un premier temps, il l'avait appelé « oncle », puis il était passé à « monsieur ». C'est que lui, il ne portait pas le même nom. Lorsqu'il parlait de son père adoptif avec sa sœur, il disait « ton père ». Ces choses amusaient Hyeja, tout comme les divagations de son père quand il avait trop bu. En dehors de ces moments d'ivresse, il ne desserrait pas les dents, il avait toujours l'air de faire la tête. Il se plaignait d'entendre des bruits et se mettait du coton dans les oreilles.

Han Yongdok s'abstint d'exercer la médecine jusqu'à ce que sa fille eût atteint l'âge de huit ans. Il tint d'abord une petite papeterie en face d'un lycée professionnel pendant quelques années. Mais il eut la maladresse de se porter garant d'une dette contractée par le comptable de l'établissement scolaire en contrepartie de l'exclusivité des fournitures pour le lycée ; son débiteur devenu insolvable, Han dut honorer son engagement et fit faillite. Ensuite, il travailla pendant deux ou trois ans comme médecin salarié dans les cliniques de ses amis. Un jour, il ne rentra pas à la maison. Yun Mikyong fut persuadée que son incapable de mari était parti au Japon avec l'aide d'un de ses confrères qui résidaient là-bas. Elle se remaria lorsque sa fille eut quinze ans, avec un veuf qui tenait un petit hôtel. Bien plus tard, Hyeja eut, par sa tante, des nouvelles de son père. Il occupait un emploi de gardien dans une université de province tenue par des missionnaires. Elle lui rendit visite une première fois avec sa tante, une seconde fois seule. Elle y retourna une troisième fois, mais il ne travaillait plus là. Lorsqu'elle reçut le télégramme annonçant sa mort, elle ne pleura pas. Ce qu'elle avait sous les yeux, c'était moins la mort de son père que la fin d'une époque.

Hyeja fut réveillée par l'air froid du petit matin. Elle s'assura que So Hakjun et sa tante dormaient encore, puis se leva doucement, sans faire de bruit. Elle s'approcha de l'autel sur la pointe des pieds et, parmi les rares objets de son père déposés près de la vasque où brûlaient des bâtons d'encens, elle prit le carnet. Un silence absolu régnait dans la maison, tout le monde dormait. Elle descendit par l'escalier sombre et étroit, et sortit. Elle avait accompli son devoir filial, son père pouvait maintenant être enterré et recouvert d'une épaisse couche de terre, son esprit ne reviendrait plus jamais rôder en ce monde. Elle ne tenait pas à garder le triste souvenir de l'enterrement de celui à qui elle devait la vie.

Dehors, une lanterne rouge, de celles qu'on accroche pour signaler un deuil, se balançait dans le vent. La faible lueur accompagna Hyeja quelques mètres avant de la rendre à l'obscurité. La jeune fille se retourna. L'aube, déjà, embrasait le ciel du côté du levant. Le toit haut perché se détachait sur l'auréole de lumière. Hyeja revint sur ses pas, souleva le couvercle de la lanterne et souffla la bougie presque entièrement consumée. Bien que très en avance pour le premier train, elle courut jusqu'à la gare.

Postface

———

Lorsqu'il publie *Monsieur Han*, d'abord en feuilleton en 1970, puis en volume en 1972, Hwang Sok-yong n'a pas trente ans. Il n'est plus alors un inconnu dans le monde des lettres, puisqu'il a déjà fait paraître plusieurs nouvelles, genre beaucoup plus populaire en Corée qu'en France. L'une d'elles, *la Pagode*, lui a d'ailleurs valu, dès 1962, un prix littéraire. *Monsieur Han*, que son auteur qualifie de « chronique » plutôt que de « roman » afin de souligner l'authenticité des faits décrits, est une œuvre charnière dans la littérature coréenne moderne.

De toute évidence, Hwang ne renie pas l'héritage de ses prédécesseurs. Comme eux, il s'attache à exprimer la condition de ses contemporains – de préférence celle des petites gens –, condamnés à subir et se taire. La littérature coréenne a toujours accordé une place importante aux thèmes de la pauvreté, de la déréliction, de l'errance. L'écrivain, en Corée, ne se sent-il pas investi du devoir de parler au nom de ceux qui ne le peuvent ? Du témoignage à la protestation, il n'y a qu'un pas, qui, franchi, a valu des ennuis à bien des intellectuels pendant les années de dictature.

Ce rôle de témoin, Hwang Sok-yong l'assume sans

réserve, mais il n'en reste pas là. Il aborde de front ce qui confère à la condition, pourrait-on dire, coréenne, sa dimension éminemment tragique : la division du pays — et donc des familles —, conséquence de l'affrontement auquel se sont livrées, sur le sol de Corée, les grandes puissances du monde et leurs idéologies ennemies.

Rappelons-nous que, lorsque la défaite japonaise de 1945 met un terme à trente-cinq ans de colonisation, Soviétiques et Américains se retrouvent nez à nez dans la péninsule, de part et d'autre du 38ᵉ parallèle, pour procéder au désarmement de l'armée vaincue. Des élections doivent être organisées dans les deux parties du pays afin de restaurer la nation, mais le climat politique se tend, les factions s'affrontent pour savoir qui des États-Unis, de l'Union soviétique ou des Nations unies doit exercer sa tutelle. Les élections n'ont pas lieu et le Sud se dote d'un gouvernement le 15 août 1948, le Nord à son tour un mois plus tard. C'est ainsi que commence l'épisode le plus tragique de l'histoire de la Corée, celui de la division du pays et de son peuple.

Il y en eut pour penser que les armes feraient mieux et plus vite que les urnes pour réunifier le pays. Il n'en fut rien puisque la guerre de Corée, déclenchée le 25 juin 1950, laissa les armées sur les mêmes positions de chaque côté du 38ᵉ parallèle lorsqu'un accord d'armistice fut signé le 27 juillet 1953. Mais trois ans d'une guerre conduite avec les moyens technologiques modernes, qui ont vu les troupes communistes déferler sur le Sud, puis reculer jusqu'à la frontière de

Chine, redescendre ensuite avec le renfort des légions chinoises, ont fait leur œuvre : des millions de victimes, des infrastructures anéanties, un pays en ruine et plus divisé que jamais.

C'est cette tragédie, si obsédante encore aujourd'hui et dont le dénouement est loin d'être en vue, que Hwang Sok-yong évoque dans *Monsieur Han*. La division du pays est une blessure profonde au cœur des Coréens. Elle fait de frères, parents, personnes qui partagent la même langue, la même histoire, la même culture, les mêmes chansons, des ennemis irréductibles. Les gens du Nord qui, comme monsieur Han, sont passés au Sud dans le désordre de la guerre, se sont très vite trouvés pris au piège de la division, puis à celui de la suspicion : les réfugiés du Nord sont, en effet, aisément pris pour des agents infiltrés. Étrangers dans leur propre pays, ils appartiennent à une diaspora d'un genre spécifique. L'unicité de la nation niée, c'est toute la Corée – du Nord et du Sud – qui vit le syndrome du déracinement.

L'engagement de Hwang Sok-yong est d'abord celui d'un écrivain qui ne cessera de dénoncer ce que cet état de fait a de choquant. *Monsieur Han* peut être considéré comme le premier volet d'une série, comme le thème sur lequel les œuvres à venir seront des variations. Avec *Chang Kilsan*, roman-fleuve en dix volumes écrit de 1974 à 1984, Hwang revisite l'histoire de la Corée et met en évidence la continuelle résistance des classes inférieures aux puissants, rois, seigneurs ou dictateurs. Beaucoup plus tard vient *le Vieux Jardin* (2000), qui met en scène, sur un mode plus intimiste, les luttes sociales et politiques d'un activiste dont le cheminement ressemble beaucoup à celui de l'auteur. *L'Invité* (prix Daesan* 2001) revient sur un épisode de la guerre de Corée avec le souci de rétablir la vérité sur un massacre de civils.

Il ne suffit pas à Hwang Sok-yong de dire les tourments des victimes, de dénoncer le scandale de la division dans ses livres, il lui reste encore à agir. La guerre du Viêt Nam où il a combattu en 1966-67 au sein du corps expéditionnaire coréen – souvenirs qui nourrissent *l'Ombre des armes* (1985) –, la violente répression des émeutes de Kwangju dont il est témoin en 1980, les révoltes étudiantes des années quatre-vingt à Séoul contre la dictature militaire, sont autant d'expériences qui ont mûri sa détermination. Adulé par les étudiants et les intellectuels, il se sent conforté dans sa lutte. En 1989, faisant fi de la loi sur la sûreté nationale qui interdit tout contact avec le Nord, et transitant par Tokyo et Berlin, il se rend à Pyongyang pour y représenter l'Association des artistes de Corée du Sud dans un congrès de ses homologues du Nord.

L'ambition de Hwang est bel et bien de forcer le destin, d'apporter la preuve que cet isolement dans lequel sont maintenus les deux peuples, cette situation de guerre latente qui continue de faire planer sa sombre menace, ne sont pas une fatalité insurmontable. La mise en œuvre de pareille entreprise s'appuie

---

* Le prix Daesan, attribué par la fondation du même nom, récompense chaque année une œuvre romanesque, une œuvre poétique, une œuvre dramatique, un essai et une traduction vers une langue étrangère.

sur une solide conviction, voire une bonne dose d'idéalisme – il aime à se qualifier lui-même de « réaliste idéaliste » –, d'autant qu'il n'ignore nullement qu'au Sud, la prison l'attend : il n'est donc plus question de rentrer. Ce sont alors plusieurs années d'exil, à Berlin puis à New York, auquel il choisit de mettre un terme en 1993. « Un écrivain, explique-t-il, doit vivre dans le pays de sa langue maternelle. » Jugé pour atteinte à la sûreté de l'État, il est condamné à sept ans de prison.

Mettant fin à une longue succession de régimes « forts », Kim Dae-jung est élu à la présidence de la République de Corée en 1998. L'une de ses premières décisions est de libérer les prisonniers politiques, mesure dont bénéficie Hwang Sok-yong qui sort de la prison de Kongju en mars de cette même année, avant le terme de sa peine. Il est, depuis, très officiellement retourné en Corée du Nord, mandaté par le gouvernement du Sud dans le cadre de la *Sunshine Policy* (politique d'ouverture et de dialogue) mise en œuvre par Kim Dae-jung.

L'engagement de Hwang est, certes, celui d'un homme de conviction, mais c'est aussi celui d'un écrivain, d'un artiste au sens plein du terme. Ni réquisitoires idéologiques, ni essais, ses œuvres sont bien des romans, avec des personnages qui s'imposent à l'imagination du lecteur par leur vérité psychologique et leur épaisseur humaine, des êtres qui se débattent dans les conflits du monde. Hwang se montre toujours extrêmement soucieux de la construction du récit. Qu'on en juge par ce puissant retour en arrière qui constitue l'histoire de monsieur Han, encadrée par la scène de la mort du vieillard et de la pathétique veillée funèbre. Quant au travail sur la langue, il est chez Hwang une préoccupation constante : nul pathos, nulle analyse pesante, les faits doivent parler d'eux-mêmes dans des phrases où n'ont droit de cité que clarté, précision, vivacité du trait. L'œuvre s'est imposée aux lecteurs coréens, au point d'être constamment rééditée depuis sa parution. Elle a fait l'objet d'une adaptation pour le théâtre de la plume même de Hwang, puis d'un film. Il n'est pas vain de rapporter ici un jugement largement partagé par la critique en Corée : la scène de la séparation — lorsque le docteur franchit le fleuve à gué dans une tempête de neige, laissant derrière lui sa mère, sa femme et ses enfants, qu'il espère pouvoir bientôt rejoindre — passe pour l'une des plus belles pages de toute la littérature coréenne.

C'est, on s'en doute, dans sa biographie qu'il convient de chercher la clé de l'engagement de Hwang Sok-yong — celui de l'homme et de l'écrivain —, engagement qui fait de lui un témoin privilégié de son temps, lu et apprécié dans l'une et l'autre des deux Corée.

Il est né en 1943 à Zhangchun en Mandchourie où sa famille, fuyant la colonisation japonaise, avait trouvé refuge. À la Libération, en 1945, ses parents reviennent s'installer à Pyongyang, puis, en 1948, passent au Sud où le père a trouvé du travail. Ils s'installent à Yongdeungpo, quartier industriel de Séoul, où les surprendra la guerre de Corée.

C'est en fait l'histoire de sa propre famille que Hwang Sok-yong raconte dans l'œuvre présente. Monsieur Han, c'est l'oncle maternel, médecin dans la vie comme dans le roman, mort effectivement dans la misère. Han Yongsuk, c'est la propre mère de l'auteur, femme énergique et exigeante. Le grand-père était, comme dans le roman, un pasteur très en vue à Pyongyang.

Cette « chronique » de monsieur Han, c'est en hommage à sa mère que Hwang Sok-yong l'a, pourrait-on dire, consignée, s'il ne s'agissait pas aussi d'une œuvre très composée. Une mère qui a toujours vécu sa vie au Sud comme un exil, qui a toujours voulu retourner au Nord. Peu après les événements de Kwangju, nous confie Hwang, il l'a surprise en train de brûler les titres de propriété de sa maison de Pyongyang : l'impossibilité de réaliser son rêve lui était enfin apparue dans toute son évidence. En détruisant les documents, elle voulait faire disparaître son origine nordiste. Elle est morte peu après… En allant à Pyongyang, Hwang a fait ce que sa mère, la sœur de monsieur Han, aurait tant voulu faire.

CHOI MIKYUNG
ET JEAN-NOËL JUTTET

la collection de poche des éditions Zulma

DAVID TOSCANA

El último lector

Roman traduit de l'espagnol (Mexique)
par François-Michel Durazzo

Dans le petit village d'Icamole, au nord du Mexique,
Remigio découvre au fond d'un puits le corps d'une
fillette inconnue. Ce qui pourrait rester un simple
fait divers devient matière à un océan de fictions et
d'imbrications romanesques : car c'est à la lumière
des romans qu'il lit avec autant de fureur que de
délectation que Lucio, le bibliothécaire du village,
mène l'enquête. Laquelle le conduit sur les traces
d'Herlinda, sa femme disparue, qu'aucune lecture
n'aura pu lui restituer.

Un roman jubilatoire et virtuose, qui emporte
magistralement le lecteur.

« De page en page, on voit double, on voit triple, on
voit magique. Certains ont l'alcool gai. Toscana a
l'imagination heureuse. »

Frédéric Vitoux, *Le Nouvel Observateur*

FERENC KARINTHY

Épépé

Roman traduit du hongrois
par Judith et Pierre Karinthy
Présenté par Emmanuel Carrère

« Les étranges divagations d'un polyglotte érudit,
Budaï, qui quitte les rives du Danube et croit s'en-
voler pour Helsinki afin de participer à un congrès
de linguistique. Hélas ! à la suite d'une erreur d'ai-
guillage, son avion atterrit dans une ville peuplée
d'allumés qui parlent un jargon incohérent, parfaitement inintelligible. Sommes-nous aux portes de
Babel ? Sans doute. Quant au malheureux Budaï, il
en perdra son latin : on dirait un petit frère de Zazie
égaré au pays des Houyhnhnms chers à Jonathan
Swift. Épatant. »

André Clavel, *L'Express*

« Ce qui me paraît absolument certain, c'est que
Perec aurait adoré *Épépé*. »

Emmanuel Carrère

LEO PERUTZ

Le Maître du Jugement dernier

Roman traduit de l'allemand
par Jean-Claude Capèle

Vienne, 1909. Au cours d'un récital dans un petit
cercle de la bonne société, on découvre le corps sans
vie du célèbre acteur Eugen Bischoff. Suicide ou
meurtre maquillé ?

Et nous voilà pris dans un jeu diabolique, une
enquête en forme de roman halluciné où sont abor-
dés, avec une intuition aiguë des ressorts de
l'inconscient et de la logique, les thèmes du dédou-
blement et de la violence autodestructrice. Un roman
qui nous hante bien longtemps après l'avoir lu.

« Perutz nous prend par la main et nous conduit où
il veut, sans nous laisser le temps de réfléchir, par la
force de son talent. Après coup, seulement, on découvre, qui enveloppe tout le récit, l'ombre menaçante
du Sphinx. »

Dominique Fernandez, *Le Nouvel Observateur*

AUÐUR AVA ÓLAFSDÓTTIR

Rosa candida

Roman traduit de l'islandais
par Catherine Eyjólfsson

En route pour une ancienne roseraie du continent, avec dans ses bagages deux ou trois boutures de Rosa candida, Arnljótur part sans le savoir à la rencontre d'Anna et de sa petite fille, là-bas, dans un autre éden, oublié du monde et gardé par un moine cinéphile.

« Un humour baroque et léger irradie tout au long de cette histoire où rien décidément ne se passe comme il faut, ni comme on s'y attend. »
Anne Crignon, *L'Obs*

« Tant de délicatesse à chaque page confine au miracle de cette *Rosa candida,* qu'on effeuille en croyant rêver, mais non. Ce livre existe, Auður Ava Ólafsdóttir l'a écrit et il faut le lire. »
Valérie Marin La Meslée, *Le Point*

DANY LAFERRIÈRE

Le Cri des oiseaux fous

Roman

« Droite, fière, sans un sourire, ma mère me regarde partir. Les hommes de sa maison partent en exil avant la trentaine pour ne pas mourir en prison. Les femmes restent. Ma mère a été poignardée deux fois en vingt ans. Papa Doc a chassé mon père du pays. Baby Doc me chasse à son tour. Père et fils, présidents. Père et fils, exilés. Et ma mère qui ne bouge pas. Toujours ce sourire infiniment triste au coin des lèvres. Je me retourne une dernière fois, mais elle n'est plus là. »

Vieux Os a vingt-trois ans. Son ami Gasner, journaliste comme lui, vient d'être assassiné par les tontons macoutes. La mécanique de l'exil est enclenchée. De courses effrénées en déambulations rêveuses, Vieux Os parcourt son monde en accéléré : les amis de toujours, les belles de nuit du Brise-de-Mer, les souvenirs d'enfance à Petit-Goâve, Sandra et Lisa – « l'une pour le corps, l'autre pour le cœur » –, les tueurs qui rôdent dans la nuit de Port-au-Prince, un ange gardien aux allures de dieu vaudou…

« Cette nuit, je saurai tout de la vie. »

JEAN-MARIE BLAS DE ROBLÈS

Là où les tigres sont chez eux

Roman

Nous sommes au Brésil. Nous sommes aussi dans la *terra incognita* d'un roman monstre. *Là où les tigres sont chez eux* est un monde à lui seul – et un chef-d'œuvre. Prix Médicis 2008.

« Ce roman encyclopédique et mystificateur, truffé d'élucubrations farfelues et savantes, de tribulations picaresques, réjouit et fascine. C'est l'érudition au service du feuilleton universel. Umberto Eco revu par Indiana Jones chez Malcolm Lowry, avec un zeste d'*African Queen* et de Lévi-Strauss chez les Nambikwara. »

Patrick Grainville, *Le Figaro littéraire*

« Le roman-jungle est né. C'est un pic (de la Mirandole), c'est un cap (tenu magistralement), c'est une péninsule sur la carte littéraire. »

Valérie Marin La Meslée, *Le Point*

NII AYIKWEI PARKES

Notre quelque part

Roman traduit de l'anglais (Ghana)
par Sika Fakambi

C'est Yao Poku, vieux chasseur à l'ironie décapante
et grand amateur de vin de palme, qui nous parle.
Un jour récent, une jeune femme de passage au
village aperçoit un magnifique oiseau à tête bleue
et le poursuit jusque dans la case d'un certain Kofi
Atta. Ce qu'elle y découvre entraîne l'arrivée toni-
truante de la police criminelle d'Accra, et bientôt
celle de Kayo, jeune médecin légiste tout juste
rentré d'Angleterre. Renouant avec ses racines, ce
quelque part longtemps refoulé, Kayo se met peu
à peu à l'écoute de Yao Poku et de ses légendes
étrangement éclairantes…

« Jonglant avec les codes du polar à l'anglo-saxonne
et du conte traditionnel, le jeune romancier poète
confronte remarquablement les cultures africaine
et occidentale, urbaine et villageoise. »

Baptiste Liger, *L'Express*

Couverture créée par David Pearson et imprimée chez Floch à Mayenne ❡ Texte composé et mis en page par les Ateliers Graphiques de l'Ardoisière à Bègles ❡ Reproduit et achevé d'imprimer en septembre 2016 par Normandie Roto Impression s.a.s. à Lonrai pour le compte des éditions Zulma à Honfleur ❡ ISBN : 978-2-84304-786-2 ❡ ISSN : 2267-1803 ❡ Dépôt légal : octobre 2016 ❡ N° d'imprimeur : 1604002 ❡ Imprimé en France ❡